看！绽放在红色春天的残弱生命

冯红春 / 著

山东城市出版传媒集团·济南出版社

图书在版编目（CIP）数据

看！绽放在红色春天的残弱生命 / 冯红春著 . -- 济南：济南出版社，2018.1
ISBN 978-7-5488-3049-8

Ⅰ . ①看… Ⅱ . ①冯… Ⅲ . ①散文集 – 中国 – 当代
Ⅳ . ① I267

中国版本图书馆 CIP 数据核字（2018）第 025543 号

看！绽放在红色春天的残弱生命

出 版 人　崔　刚
责任编辑　郑　敏
装帧设计　焦萍萍
出版发行　济南出版社
地　　址　山东省济南市二环南路 1 号（250002）
电　　话　（0531）86131730
网　　址　www.jnpub.com
经　　销　各地新华书店
印　　刷　天津画中画印刷有限公司
版　　次　2018 年 2 月第 1 版
印　　次　2024 年 1 月第 2 次印刷
成品尺寸　150 毫米 ×230 毫米　16 开
印　　张　6.25
字　　数　150 千
定　　价　48.00 元

法律维权 0531-82600329
（济南版图书，如有印装错误，可随时调换）

凭借文字，让心飞翔

赵德发

三十年前我刚刚开始业余创作，有一次回老家看望奶奶，她抓着我的手说：“孙子，听说你一天写两百个字，可别累着呀！”我听了这话，既为奶奶的关心而感动，又为她的“无知”感到好笑。我说：“两百字算什么？我一天能写两千字！”

三十年过去了，我在电视上看到，有个人一天只能写两百个字，我却对她肃然起敬。

这人叫冯红春，是菏泽市巨野县大谢集镇吴庄村村民，一位四十来岁的残疾妇女。她本来身体健康，十一岁那年却因为吃了毒甘蔗，脑神经受损，从此全身瘫痪，生活不能自理。1994年她嫁给一位青年农民，生活极度困苦，且因为不能干活，说话困难，身体畸形，连吃喝拉撒都要丈夫料理，被一些人视为废物、怪物。然而，谁也想不到，冯红春却有着丰富的内心、顽强的性格。她通过听广播、看电视，努力扩展视野，不懈地学习语言文字，竟然拿起笔写起了文章。

健康人绝对无法体会她做这件事的艰难。将手拿到桌子上这个动作，她就要花去几分钟。她自己无法将仰着的脑袋扶正，需要别人帮忙。她只能手心向上捏着笔，像用犁耕地那样在纸上画出笔画。尽管如此艰难，尽管一天最多写两百个字，她却笔耕不辍，写出了一篇又一篇文章，且在报刊上发表。

毋庸讳言，她因为念书只念到三年级，基础较差，文字功夫还有待提高，但是，她的每一句话都发自内心，饱含着真情实感。她的许多文章都传递出人生况味，表达了自己的诸多感悟。

《我生命被困的这三十年》，讲述自己在十一岁那年如何突然陷于重度昏迷，父亲带她四处求医，却丝毫没能祛除她的病症。她说："外观形象、一言一行、一举一动全都改变了，伴随我一生的将是那挥之不去的痛苦折磨。"虽然病躯成为她的牢笼，但她的意志却比正常人还要坚强。"既然今生是个人，在这世上活一遭，无论是站着走，还是爬着行，都要让这一撇一捺用心演绎。"这样的话，可谓掷地有声。

冯红春的文章，除了讲述自己的经历，表现对命运的抗争，更多的是传达感恩之心。她用四千字写婆婆，记录婆婆的悲惨身世，表达自己身有残废无法对婆婆尽孝的愧疚，让人读后感慨万千。《父亲的脊背》《感恩父亲》等文章，写父爱之伟大。父亲因为奔波操劳，早早衰老，她看到父亲掉的牙齿，"长长的三个牙根，像金鼎一样"。这样的形容，催人泪下。《母亲做的手工布鞋》写母爱的深厚，写女儿的拳拳之心，令读者动容。《守候》一文，写她与丈夫相濡以沫二十年，我想，没有谁比这对夫妻更能体会"相濡以沫"的滋味了。她对丈夫的感激之情无以复加，幸福感溢满心田。近年来，她身残志坚的事迹广为人知之后，得到了政府和许多爱心人士的帮助，她谨记在心，一再表达感恩之意。让人赞叹的是，她冒着生命危险生下儿子，等他长大后却没把他留在身边，而是将其送到部队。冯红春希望他磨炼意志、锤炼性格，遇挫不妥、遇败不躁、遇险不惊、遇荣不骄。一个"兵妈妈"的高尚情怀，在《写给儿子的一封信》中表露无遗。

我读冯红春的文章，能从字里行间感受到她的精神力量。她诉说病痛和窘境，但绝不是为了讨得别人的怜悯。她说：“我将我自己毫无保留地展示给大家，以此来激励在人生迷茫路途中游走的灵魂，希望生命可以感染生命。”她说：“身有残障当然不幸，然而岁月如水，成长是岸，也许每个障碍都有它存在的价值，我们又有什么理由来苛待自己的生命呢？”她还说：“人残了，我不想让自己的心和灵魂也残了，我不想让自己的思想在无知中颓废堕落。……人残了，心也要飞翔！”

我们欣喜地看到，冯红春的心，果然凭借文字飞了起来，飞离她的残疾身躯，飞离她的简陋农舍，翱翔于蓝天白云之上，自由自在，无拘无束。与此同时，一曲生命的壮歌，回响在天际间，萦绕在我们耳边。

冯红春有个梦想，想将自己的文章结集成书，这事得到了齐鲁电视台《小溪办事》栏目组和济宁交通广播电台的鼎力相助。《小溪办事》特派员联系到山东省新闻出版广电局出版管理处，并在出版管理处的帮助下联系到山东城市出版传媒集团济南出版社，济南出版社当即决定，出版冯红春的作品集。现在，书已付梓，一本有着独特价值的漂亮读物将出现在众多读者手中。我们祝贺冯红春，希望她继续写作，让心飞得更高更远，为社会输送更多更强的正能量。

（赵德发，中国作家协会全委会委员、山东省作家协会副主席）

生而不凡

吉璐璐

如果你看到冯红春的故事，请不要想到“身残志坚”这个词，因为她想告诉我们的不是她的坚强，而是她自我抗争的“特立独行”。别人以奔忙显示活着的痕迹，而她选择用笔来标注自我的存在。

初次知道冯大姐是通过2017年8月29日我们齐鲁电视台的一个新闻热线，打来电话的是济宁交通广播《大家帮》节目的主持人方方。电话中方方告诉我，她想帮一位残疾人兵妈妈实现一个愿望：出一本书。出书并不是一件简单的事情，凭借一个人或一个节目的力量略显微薄，于是她想到了我们《小溪办事》，希望借助我们的力量，共同合作去帮助冯红春大姐。帮人实现愿望，对《小溪办事》来说是再平常不过的新闻选题。从节目开播到现在，我们已记不清帮助多少人实现了愿望。但通过方方的介绍，我却对这位残疾人兵妈妈格外关注起来。我有一种强烈的愿望，想去见她、了解她。与方方通话结束，我们即刻启程，驱车四个小时赶到了菏泽市巨野县的吴庄村。

如果不是亲眼所见，你绝对想不到这样一个再普通不过的小村庄里，竟藏着一位特殊的“作家”。

9月，雨后的空气有些闷热，出的汗黏在衣服上，让人多少有些烦闷。可是刚走进这个只有两间屋的房子，一个朴素淳厚的微笑迎面而来，我不由自主地静下心来打量起这位“特殊的观众”。她坐在轮椅上，皮肤黝黑，额头眼角细细地布着些皱纹，笑的时候眼睛弯成了月芽，透着亲切的味道。她嗓音沙哑、一字一顿地说着“你好，请坐”。冯大姐说话有些吃力，可每一个字都像是经过深思熟虑般坚定，掷地有声，包括谈起折磨她三十年的病痛。因为在十一岁时误食毒甘蔗导致脑神经受损，从那时起，冯大姐全身瘫痪、生活不能自理。慢慢地，她的身体开始扭曲：她的面部、手部几乎无法自控，只能借助外力；常人不需一秒就能完成的抬手、低头等动作，她却要拼尽全力。在外人看来，冯大姐的生命仿佛被按下了暂停键，余生只剩等死。但如果屈从于命运的安排，她就不是“特立独行”的冯红春了。

世界以痛吻我，我要报之以歌。捍卫余生，她选择了写作。

肢体僵硬，可以等；认字不全，可以学；写字太慢，可以攒。仅仅是把手拿到桌面上就要三到十分钟的时间，写出几个完整的字，一上午的时间就过去了。但她坚持，谁劝都不听。

这本书的封面上，有一只苍劲却略显扭曲的手，那就是冯大姐握笔写字的手，像极了她宁折不弯的个性。这只手握笔的姿势跟我们不一样：手腕弯曲得厉害，手指紧紧地捏着笔，乍一看让人挺不舒服，可冯大姐只能用这样的姿势来完成写作。她说：“写得慢就慢慢写，写累了就歇歇再写。”她以一分钟写一个字，一天写两百个字的速度，在各类报刊上发表了十九篇文章、两万多字。这两万多字几乎是冯大姐用生命写出来的。问她：“你累吗？”她回复我的依然是那个朴素淳厚的笑容：“不累。”

冯大姐的家里除了破旧的床和沙发，几乎没有什么像样的

家具家电。沙发旁边的一张小桌是冯大姐使用频率最高的，也是杂物摆得最多的地方。桌子上除了纸和笔，还有一个破旧的收音机和一本已经翻烂了的字典，这就是冯大姐学习的工具，因为疾病，她只上到小学三年级。身体残疾之后，冯大姐不能劳动，不能出门，更不能了解外面的世界。为了让她消磨时光，父亲就买了一台收音机。通过音波的传递，她在心里描绘着外界的样子。在写作时，遇到不会写的字就去一点一点地翻字典。因为没有系统地学习，所以她的文字功底还有些欠缺，但就是这些简单质朴的语言，却表达着最真挚动人的情感。

从这个小村庄里的“作家”——冯大姐的身上，我们看到的不是随遇而安，而是生而不凡的力量。我想，在她的眼中，她并不是残疾人，也不想成为别人眼中的残疾人吧

（吉璐璐，帮助冯红春圆出书梦的《小溪办事》栏目组特派员，冯红春事迹采访者）

目　录

残缺也是一种美 /1
党恩 /4
等爱的孩子 /8
父亲的脊背 /11
感恩父母 /15
感恩父亲 /19
感悟挫折 /22
广播是我没有围墙的大学 /24
今生共相伴 /28
人生感悟 /29
守候 /31
特殊的入党申请书 /35

我的军旅梦 /36

我和婆婆相处的这十五年 /40

我亏欠三个男人的恩和爱 /47

我生命被困的这三十年 /50

写给儿子的一封信 /56

智慧从这里启程 /60

夫妻之间 /62

母亲做的手工布鞋 /65

人生启示录 /70

一盏灯 /79

在酷刑中修炼心境 /81

残缺也是一种美

残缺的你，生活总局限在一个有限的空间，真叫人无奈！

上苍给了我们宝贵的生命，给了我们同样渴望幸福、追求美好的心灵，然而它又残忍地剥夺了我们本应具备的健全的肌体，冷酷无情地让我们饱尝风雨。多少次自暴自弃、顾影自怜，多少次徘徊在绝望的边缘，甚至恨不能沉入死亡的深渊。一次又一次，我问自己，别人能走进那梦中的象牙塔，而自己为什么越不出人生的沼泽地？

身有残缺当然不幸，生活中的苦涩只有自己慢慢品味、吞咽，但我又有什么理由来苛待自己的生命呢？为何不好好地善待它、珍惜它，面对现实，让自己活得洒脱些、坦然些呢？命运赐予了我残缺和痛苦，生活给了我艰辛和磨难，我却决定在这痛苦艰辛的生命旅程中释放我自己全身心的能量，来创造完美辉煌的人生境界。我相信，只要行动，只要付出，就一定会拥有属于自己的那份收获。我要点燃心中的激情，放飞心中

的希望，重塑一个完整的自己。跋涉是磨炼，挑战就是超越，有的人把苦难和耻辱化为人生的财富，迎接命运的挑战，从容地走过每一个平凡而又美丽的日子。有的人用自强不息的奋斗来体现生命的意义，展示残缺的风采。

只要你努力过、争取过，所有的困难都会被你征服！

也许，等我们再回首往事，我们会感谢命运、感谢生活，因为与命运的抗争让我们的生命有了别样的精彩！

（发表于2000年5月28日《菏泽日报》）

即使一分钟才能写一个字，冯红春仍然坚持每天写作。

党 恩

党委政府的公务人员又一次来我家走访慰问。他们和蔼可亲的态度让我备感温暖。此刻，我怀揣着满满的感动和深深的感激，重温那些渗透在生命里的回忆。这一路的苦涩艰辛中，承载了太多人的关照，如今我把这漫漫人生路上表达不出的情感用文字来抒写，以示感恩！

我庆幸我生活在当今社会。在黑暗的旧社会，那么多四肢健全的正常人还被活活饿死，更何况我这样一个生活不能自理的重度残障人。党对我的恩情，就如同那情深似海、恩重如山的父母恩一样深厚，这份不舍弃的关心帮扶，我不知该如何回报与答谢。

1994 年，我结婚组建了自己的家庭，我想象着生活上会有一些改善，可事与愿违，我丈夫原本的家可以说一贫如洗。我这样一个全身瘫痪的女人和一个老实本分的男人结合，没有谁认为我们组建的这个家庭会有长久的未来。日子一天天在苦中熬，为了不让这个小家分崩离析，我们在家徒四壁的困境中用心坚守者。

1997 年，孩子小，一家三口仅靠着四亩地微薄的收入来糊口。即使是粗茶淡饭，也经常是饥肠不饱。我们靠着别人给的旧衣服，夏天遮体，冬天保暖。丈夫因为要照顾我，不能外出打工挣钱，除了种地，我们再没有其他的经济来源。生活的窘境无法改善，无可奈何中只有过一天是一天了，又有什么办法呢？

1997 年秋，政府把温暖的援手伸向了我们这个特困的弱势家庭，给了我们第一笔救济金 30 元钱。这是我们孤立无援时的救命钱，这一帮就是二十年。政府各级各部门一届又一届的领导干部深厚绵长的关爱给了我生活的动力。若是没有党春风化雨的引领，没有好心人的帮扶，像我这样生活不能自理的残障人又怎能活到现在?

2003 年雨灾，我们成了有家无处安居的人，房倒屋塌，一片废墟，是政府和众位乡亲帮我家建了两间平顶砖木房。党委政府和好心人无价的真情大爱我无以为报，你们的恩泽我会铭记在心间，烙印在生命里。我把这一笔笔困苦危难时候救命的善款、物品都记录在册，一袋面粉、一桶食用油、一件衣裳、一把菜、一个馍馍、一句暖心的话语……这些，都让我残存的生命感受到了别样的温暖。

每个人都在希望和梦想中追寻着美好的生活，我也一样，我不想让自己的心在无知中颓废堕落。尽管四十六年的人生路中有三十二年是在病痛中度过的，但我也渴望未来的日子是明媚的。

2013年9月5日，我把我唯一的儿子交给党和国家，让他去边关守边护防，这也算是我们这个家庭感恩社会的一点点回馈吧。把儿子最宝贵的青春年华奉献给祖国的边防，也算是没有辜负党和政府对我们这个特困家庭二十年从不间断、从不舍弃的救助。我希望孩子也能加入党组织，做一个党旗下的勤务员。

想想以前那些度日如年的苦日子，再看看现在的生活，虽不富裕但也是今非昔比了。身体的不便使我的人生之路充满了坎坷和泥泞，我永远都无法挣脱出这被困的人生轨迹。过去，我把大好的光阴都浪费在顾影自怜上了，倘若人生可以重来，我会珍惜生命中的每一分每一秒，把曾经失去的都弥补回来。感谢党开启了我未来人生的大门。

党恩深似海，我只有用一生来感恩，我这点儿没有灭的星火里包含着太多好心人爱的温暖。

感谢我们的党，让每一个人都丰衣足食，把各项惠民的好政策都植在民生上，让大众安居乐业。

感谢亲爱的党，您那母亲般的恩情时刻感染着我，引领着我，让我在前进的路上充满了力量。

这是发自肺腑的心声，我将用一生来感恩，因为，我一路上有您……

（发表于2016年8月1日《新巨野报》及2016年8月5日《菏泽日报》）

冯红春家里房子上有“灾后重建，安居工程”字样。

等爱的孩子

有一种心痛叫骨肉分离，有一种心伤叫亲人分散。

人世间最珍贵的情感，就是一家人密不可分、血脉相连的亲情。孩子是上天送给父母的最好的礼物，父母与子女根深蒂固的连接是血脉，更是后天呕心沥血的培养。亲情是在与孩子一天天的陪伴中构筑起来的。为人父母的，无论家境贫穷还是富有，疼爱孩子的心情都是一样的。每个孩子都是父母手掌心上托起来的希望，是一份甜蜜的负担。为了孩子能生活得快乐幸福，家长任劳任怨地付出着，再辛苦也乐此不疲。父母的爱就像是一棵大树，释放所有的生命能量滋养稚嫩的枝芽。

当今社会的快节奏，激励着人们赶超向上，追求高质量的生活。许多人为了事业，为了功成名就，也为了改善一家老小的生活状况，选择外出打拼。可以说有得就有失，有一个词叫留守儿童，太多的父母想趁着自己年轻多赚些钱，来做生活的保障，就只有泪别子女，把未成年的孩子托付给孩子的爷爷奶奶、姥姥姥爷。年轻的父母以为孩子小不懂什么，以后会有大把的日子补偿孩子。一切似乎还来得及，可光阴不等人，时间错过了再也不会回来，年轻的父母们遗失的是他们这一生中唯一一次陪子女成长的过程。父母是孩子人生路上的第一任老师，可这份天地间专属的爱是有保质期限的。银行存折里的钱没了，可以挣了存进去，可时间存折中，孩子成长流逝了的岁月又怎么能储蓄。钱能买来物质生活所需的一切，却买不来亲子间承载的幸福感。

有这样一个真实的故事，夫妻俩常年在外打工，把当时刚满两岁的女儿交给孩子的爷爷奶奶照看。现在孩子八岁了，每次妈妈回来想和女儿亲近时,换来的却是女儿的抵触和抗拒，孩子变得既任性又没有安全感，心理上对什么事都排斥。最亲近的爸爸妈妈对这孩子来说只是一个称呼，孩子对爸爸妈妈的记忆是模糊又遥远的，像陌生人一般。虽然这只是极少数的个例，可为人父母的一走就是一年半载，长时间难与孩子见上一面，最直接的影响就是亲子关系慢慢淡漠和疏离。工作还是家庭，事业还是孩子，多少年轻的父母在难以取舍间内心翻涌，怀揣着无法释怀的愧疚与亏欠。电话中对孩子关切的叮咛也让这份无可替代的亲情在遥遥无期的等待中产生隔阂，办不到的承诺将是沉重的负累。久而久之，孩子心理上压抑的思念就会失去光彩。这份缺失的亲情，在时光的流转中会出现一道道不可逾越的鸿沟,谁又能看到孩子那张天真带笑又哭泣的脸庞呢。

在这个本该撒娇的年纪，又有多少双渴望父母关心疼爱的眼睛，在期盼着爸爸妈妈回家。这些等爱的孩子多希望和爸爸妈妈做个游戏，多希望放学回家就有爸爸妈妈温暖的怀抱，

多希望受了委屈时能得到爸爸妈妈的呵护和疼爱……对孩子来说，有爸爸妈妈的陪伴才是一个完整的家，父母的陪伴会成为孩子最幸福的回忆。

别让孩子幼小孤寂的心在黑夜里哭泣徘徊，孩子与父母纯真的爱就珍藏在一个亲昵的拥抱间。让那一汪明眸变得更清澈纯净，让这份血脉相连的骨肉情永不分离，全身心来灌溉这一株稚嫩的幼苗吧，因为这是为人父母最重要的责任。为了孩子，让爱常驻我家园。

父亲的脊背

五十四岁的父亲要比同龄的人苍老许多。父亲花白的头发、满脸的皱纹和疲惫的身心，唤起了我多少难以忘怀的往事。花白的头发里覆盖了多少无奈和惆怅，深深的皱纹里埋藏了多少坎坷与心酸。岁月让魁梧的身躯伤痕累累。朴实的父亲肩负重担，在人生的旅途中苦苦跋涉，饱尝现实中的苦痛和艰辛。为了这个家，为了膝下的四个儿女，吃苦受罪父亲也甘之如饴。

幸福的家庭都是相似的，不幸的家庭各有各的不幸。1985年春天，活蹦乱跳的我在一瞬间被无情的病魔击倒，我成了一个生活不能自理的废人。这对于本来就不富裕的家来说，无疑是雪上加霜。父亲肩上的担子更重了，我成了父母今生永远摆脱不了的负累和难以割舍的牵挂。从此，父亲的怀抱和脊背就是我生活的港湾。在父亲的背上，我们开始了东奔西跑四处求医问药的漫漫长路！

1986年刚过完春节，家里又借了一千元钱，父亲一路背

着我去北京拜访名医救治。在我得病的这一年中，家里值钱的东西能卖的都卖了，可我的身体也没见好转。父母不甘心就这样放弃治疗，就把微弱的希望又寄予在了北京之行中。

父亲背着我来到了北京，我们在海淀区中关村一个远房亲戚家借住。从亲戚家到医院的一段路约有两三公里，父亲为了省钱，不舍得坐公交车，每天背着我往返医院做针灸电疗。就这样一背就是一个多月，而那年已经我十二岁了，有七十多斤。

有一次，父亲累得走实在不动了，就让我坐在桥头边上歇一会儿。父亲说："闺女，你在这里等会儿，我去买包烟。"以前父亲从不抽烟，这是让生活和我的病给愁得吧。可是，等了好长时间父亲也没回来，呆傻孤立的我引来了路人异样的眼光和话语："看，又是一个有病的孩子，被家人给遗弃了。"

我心里害怕极了，想：父亲是不是真的不想要我了，想把我给丢弃了？丢了我，父母就可以解脱了，没有包袱和累赘，再也不用无休止地给我借钱看病了……我拼命劝自己冷静下来，我一遍遍告诉自己，即使父亲把我给抛弃了，也不要责怪他。我是个生活不能自理的废人，我的病拖垮了整个家庭，甚至也牵扯着弟弟妹妹的美好前程……现实生活的残酷，外界流言蜚语的压力，他们太为难自己了……

又过了好一会儿，父亲满脸带笑地急步向我走来："闺女，在这儿等急了吧？我在按摩诊所看人家按摩，学了一会儿。等咱回到家，我就给你做腿部肌肉按摩，等腿有劲了就能走路了……"

父亲的话语像股股暖流滋润我的心，我说不清是感激还是委屈，眼泪扑簌簌地往下流。

父亲边给我擦眼泪，边疼爱地问："闺女，怎么了？哭什么？"

我还是忍不住把那句话问了出来："爸，我的病……如果再也治不好了，你会不会把我扔在这里不要我了？"

父亲眼眶也红了，却充满怜爱地对我说："傻闺女，要是不想要你，早就不要了，何苦要等到现在。只要你的病还有一线希望，当父母的就不会放弃你……"

父亲深深的爱，在我心里翻涌升华。他用宽大的脊背，为我支撑起了生命的一片晴空，给我一个遮风挡雨的家，让我懂得了亲情、生命的可贵。我依然是父母的女儿，是他们的宝贝，为了不辜负他们含辛茹苦的养育，我要好好地活下来。

我现在已经三十多岁了，父亲还会背我。花甲之年的父亲再背我已经很吃力了，经常累得气喘吁吁。看着父亲的脊背，我只有无尽的感激和深深的愧疚。是你给了我生命，又把今生最大的精力和爱给了我。

父亲的恩情女儿今生恐怕难以报答了，我只能把最虔诚最美好的祝愿送给对我恩重如山的父亲。

祝福父亲安康长寿！

（发表于2005年9月第43期《菏泽广播电视报》）

年迈的父亲来看望冯红春，总是闲不住，这里那里地找点儿活干。

感恩父母

又是一个温暖的五月，母亲节再次来临。一束清香淡雅的康乃馨，表达着儿女对母亲深远绵长的浓情。

母亲十月怀胎，辛苦煎熬，把我们带到人间，又用甘甜的乳汁哺育襁褓中的儿女。母爱的伟大如天，这份至爱完美无瑕。普天之下的父母都是一样的，为了儿女操劳奔忙，再苦再累也心甘情愿地付出着，把自己全身心的能量释放，直到生命中那饱满的激情被无情的时光耗尽！

百善孝为先，父母的恩泽我们恐怕要用一生来答谢回报。

可我对父母厚重的养育之恩，却是亏欠残缺的。作为女儿，身体不便的我不能给父母贴心的侍奉，甚至连一杯热茶都不曾奉上。人们都说女儿是父母的贴心小棉袄，可我在父母的心里却是一个难以割舍的牵挂，又是他们无法打开的沉重枷锁。他们把全部的爱无私地给了我，我贪婪地承接着这份无法报答的深情，把它沉淀在心里最不忍触碰的地方。这是无法言表的心

伤！每次看到花甲之年的父亲母亲那苍老的面庞，我都会心如刀绞。

今年春节初一这天，我在电话中向母亲问好，电话那端母亲颤抖着说："闺女，你们明天能过来一趟吧，我想你了……"瞬时，我哽咽了，心里翻涌着说不出的酸楚。是啊，由于行动不便，我已有半年多没回娘家了。前几天，母亲突犯重病，迷迷糊糊中喃喃地叫着她每一个儿女的名字。患病的母亲躺在病床上，需要儿女的照顾和陪伴，而我什么都做不到，不能尽一点儿孝心，我心里真的好惭愧！

正月初二这天，也是出嫁的闺女回娘家的日子。我又回到了这个生我养我，久违又熟悉的家中，我看到，我的到来让父母脸上流露出显而易见的欣慰和满足。父母忙里忙外，按我的口味做了一桌子的菜。

父亲的牙齿快掉光了，还剩几颗在牙床上摇晃着。吃饭时父亲牙疼得厉害，就用半碗菜汤泡了个馍吃。在困难面前永远坚强的父亲，现在却每吃一口饭都要用手按住腮。父亲那痛苦的表情，我看在眼里痛在心里。这都是他为了儿女操劳过度换来的疾病，现在，父亲年岁大了，这些顽疾就如影随形，让他受尽折磨。对父亲的病痛，我一点儿都帮不了，好内疚。

我临走的时候，父亲不舍地说："闺女，走吧，明年这个时候记得早点儿来。"听了这话，我既心疼又不舍，我亏欠父亲母亲的太多了，又不能时常探望他们。人常说，养儿防老。可我却不能给父母老有所依的寄托。跟父母依依惜别时，我一瞬间意识到他们真的老了。以前父母从没有像现在这样期待儿女陪在身边，尽管父母竭力表现得很坚强，但内心却无比脆弱。

回眸我们成长的道路，最难忘记忆中父母的身影，父母对儿女深沉的爱从未冷淡和褪色。哪怕儿女已经成家立业，在父母的心中，我们永远是那个长不大的孩子。父母为了儿女牵肠挂肚，操持忙碌一辈子。他们能清楚地记得每一个儿女的生日，每一个儿女爱吃什么，喜欢什么……可是，有多少做儿女的能了解父母的心思喜好和生活习惯呢？等到父母年老体衰时，又有几个儿女能真正做到无微不至、亲力亲为来反哺关照父母呢？人都会成为父母，不养儿不知父母恩，等到自己生儿育女时才能真正体会其中的不易。

众位朋友，在你力所能及之时，百忙之中抽个时间，多陪陪为自己付出了一生的父亲母亲吧。满堂的儿女各自有了归宿，留下的是两位老人寂寞的心和冷清的房间。在夕阳落幕的晚年，他们期盼的并不是物质的补偿，而是儿女们的陪伴和关爱。

别让父母等太久，不要以为一切还来得及，别给自己留下遗憾！在父母日渐老去的日子里，每一天都是倒计时，不要等到子欲养而亲不待时再来忏悔惋惜。

在这温暖的五月，我把最真挚的祝福送给双亲二老，谢谢你们辛苦的养育和教诲。女儿把这份世间独一无二的大爱真情铭刻在心间，也把心里对父母深深的愧疚抒写在文字中。

祝二老每一天的生活都充满阳光，也祝愿天下所有父母安康常在、福寿绵长。

冯红春与父母拍摄于自家院墙外。

感恩父亲

父亲是个平凡而伟大的称呼。父亲是我们每一个生命的起源，是与我们血脉相连最亲近的人。父亲是家的支柱，为了儿女一生耕耘任劳任怨，把自己所有的精力都倾注在“家”这个核心里。无情的岁月把年轮镌刻在父亲满脸的皱纹里，在时间的烙印下父亲的青丝变白发。

我的老父亲一生养育了四个儿女，付出了朝朝暮暮的艰辛酸苦。再苦再难的日子里，父亲也会做儿女遮风挡雨的保护伞。

有人说女儿是父母的贴心小棉袄，也有人说儿女是来向父母讨债的。我是父亲的长女，却不是父亲温暖舒心的小棉袄，我不能给父亲老有所有依的寄托，我更不是父亲的荣耀，我想我可能真是来向父亲讨债的那一个。从 1985 年开始，我被疾病困扰，没有人能看到我的未来。家里多了一个只吃饭不干活

的人，亲人的命运都跟着来了一个大逆转。父亲身上的压力就更大了，每天像机器一样超负荷运转，为了一家人的生计奔波。

有一天，母亲说：“给你个东西保存着吧。”我拿着看了好一会儿，却不知是什么.母亲又说：“这是你父亲的一颗牙。”我心里猛然一惊！长这么大，我还是第一次见到脱落的一整颗牙，长长的三个牙根，像金鼎一样。记得我们小时候换牙时觉得疼，父亲对我们说：“孩子勇敢点儿，等奶牙掉了再长出新牙就不疼了，就能吃好吃的了……”父亲的话温暖着幼小的我们，让我们坚强地成长。

可现在，父亲因为劳累过度骨质疏松，掉牙时那刻骨的疼，做儿女的又有谁知道？小时候我们的牙齿掉了，还可以再长，可花甲的老父亲牙齿掉了怎么可能再长！从掉那颗牙开始，父亲就像得不到土地滋养的大树，不再是枝繁叶茂，不再是伟岸挺拔。

去年，父亲因患白内障要做手术，我却由于身体的原因不能陪伴左右。我能想象父亲的心酸与无奈，父亲在病痛中委屈着自己，却把最坚强的一面展现给我。看着日渐衰老的父亲，我心里装满了沉甸甸的愧疚。今生我对父亲注定会留有深深的亏欠和遗憾！我不止一次地想，如果我能走路，亲人们的生活境况与现在也许会完全不同。我愿意用全部的生命来换父亲岁月长留，我多希望父亲能放下疲惫和负担，也尝一点儿生活的甘美！

在这个温暖的六月，祝愿父亲安康长寿！谢谢这一路上您的教诲和无私奉献！

（发表于2016年第26期《菏泽广播电视报》）

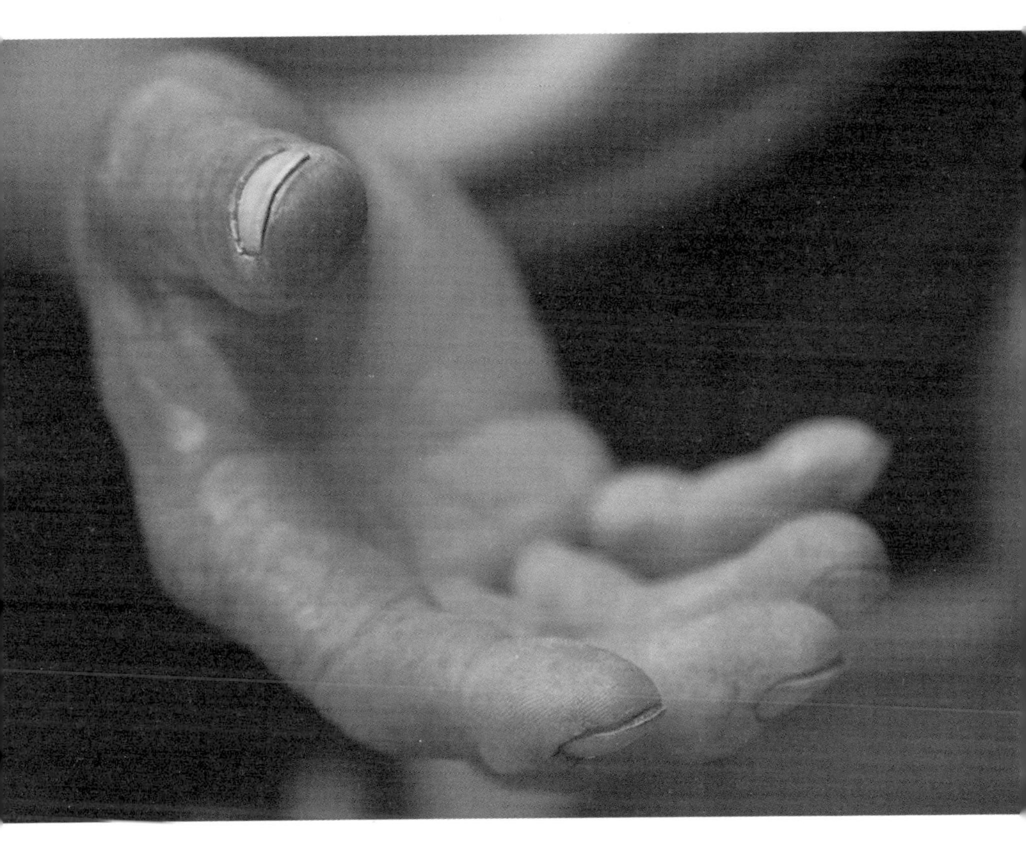

这是父亲的手，冯红春说是这双手撑起了一个家。

感悟挫折

每一个人的人生之旅中都难免会有这样或那样的坎坷与不幸。

亲爱的朋友，如果遭遇了一些坎坷或不幸，你会怎么办？是就此俯首在满是泥泞的沼泽地中等待别人的救助，还是从跌入的万丈深渊里慢慢爬上来？

亲爱的朋友，在人生的十字路口，我们不该停留得太久，只有跨过沙漠，才会发现生命的绿洲。朋友，快别在你那虚无缥缈的海市蜃楼里生活，也别哀怨别人给予你的爱与帮助太少太少。命运注定我们终生都要跋涉，跌倒了不要怕，生活中哪能没有磕磕碰碰？爬起来，揉揉你跌痛的前额，把困难与挫折当作你前进路上的车轮，把坎坷与不幸当作助你飞翔的两翼。前方或许是弯曲泥泞的小路，或许是山路崎岖的悬崖陡壁。只要你踏踏实实走稳每一步，把每一个落脚点都看成是一个地平面，什么样的道路也一定会走到头。

来吧，亲爱的朋友，快走出你那孤单苦闷的心境，走出你那狭小封闭的生活空间，投入到社会这个大家庭中来。只要你对自己充满信心，生活绝不会把你抛弃。

（发表于 1999 年 5 月 26 日《菏泽日报》）

广播是我没有围墙的大学

说起广播情缘，它已与我朝夕相伴整三十年了。

在有些人眼中，只有无聊的人才会听广播来打发时间，而广播在我心中却是一幅不舍得看完的美丽画卷，是永不落伍的时尚。现在，我要把漫漫人生路上的这份深情厚谊用文字表达出来。

1985年正月的一天，我的命运之门被上天无情地封锁了。那一刻，我和我的家人都被绝望淹没了。从此，生活的空间被局限在一小方天地间，我再也回不到以前无忧无虑的日子。我，与外面的美丽新世界隔绝了。

那个年代，农村家庭中还没有电视机。我家里只有一个像书本般大小的收音机，装上两节电池，打开就可以听新闻了解外面的世界，还有评书、戏曲、广播剧、传统相声，等等。那时的节目并不像现在这么精彩繁多，然而年幼的我依然被收音机里的声音深深地吸引。

我一直猜想着，是什么人藏在收音机里给我们表演节目呢？有一次，实在忍不住好奇，我把它拆开了。只看见一个个相互连接的零部件，却没找到声音的来源，人究竟藏在哪儿呢？拆开容易，再组装上它可就难了。就这样，家里唯一的收音机也报废了。无所事事的我被顽疾束缚着，没有收音机的陪伴，我只能对着天空的云朵发呆。父亲怕我一个人在家寂寞，又花了八十元钱，给我买了一个当时最新款的“三用机”，既可以听广播又能放唱片。我把它视为珍宝，恨不得吃饭睡觉都抱在手上。广播是一剂良药，引领着愚昧无知的我摸索前行，给我那空虚的灵魂充电疗伤。从此，了无生趣的生命如抓住了救命稻草，我的精神又有了寄托，每一天都是新鲜明媚的……

学海无涯，自学不怕起点低，我贪婪地吮吸着精神上的食粮，在日积月累中慢慢增长知识。在广播的陪伴下，我获取了丰富多彩的知识。人虽被困在囚笼中，可广播却牵引着我的心去云游四方，让我领略大千世界的奇妙，“游览”祖国辽阔的壮美风景。听故事就像在浩瀚书海中畅游，我了解了千百年来历史风云变幻，了解了历朝历代的荣辱兴衰；听新闻可了解当前的国家大事，我知道了党的各项惠民政策如春风般温暖，鼓舞民心。

人都有七情六欲，我也有心情压抑低落的时候，听着别人的成功，再看看自己，活得既卑微又委屈。我哭过、怨过，命运为何这样对我？我多想能走入大自然，闻一闻那沁人心脾的泥土的芬芳，在青草地上留下属于我的脚印，我多想能亲眼看一看广播中所说的都市的繁华……可这一切都是遥不可及的奢望。如果梦想可以照亮现实，我愿用整个生命换取三天的自

由……

心情郁闷时，似乎只有音乐是我的知音。《二泉映月》《彩云追月》《命运交响曲》……那些跳动在五线谱上的生命乐章陪伴着我、安慰着我、鼓舞着我。聆听音乐，在音符中，我宣泄着精神的疲乏。一首歌中蕴藏着一个扣人心弦的故事，它似乎触摸了我的心灵，唤醒了迷茫的我。

在广播中漫游，我的精神家园不会受到歧视和不公平的待遇，我那干涸荒芜的心灵似乎变得生机勃勃。我不敢想象，如果我的生活中没有了广播的陪伴，我会是怎样的愚昧与无知。我深知我今生成不了大树，可即使做一棵无名的小草，我也要努力摄取阳光雨露的滋养，我要衬托树的高大，我要装点裸露的大地，我要把这被禁锢的生命发挥到极致。

感谢广播这一路的灌输，它已融入我的生命。

有一种幸福叫陪伴，未来美丽的日子里，广播依然是我的良师、知己，永远绽放在我心里……

（发表于 2015 年 7 月 2 日《菏泽广播电视报》）

收音机是冯红春的良师益友。

今生共相伴

十一年了，回眸我们一路磕磕绊绊走过的岁月，是那么艰辛。

也许是你我前世的约定，让爱像一根长长的红丝带，把你我今生今世的情缘紧紧连接在一起。你我之间那难以割舍的爱，如同一棵稚嫩的树苗，经过我们共同的呵护与浇灌，经过无数次狂风暴雨的洗礼与击打，它日渐根深、叶茂、开花、结果。

在困难与挫折面前，你从不认输，你用爱守护着我们这个残破的家，让我备感温暖幸福。你用并不强壮的肩膀支撑起我生命的一片天，你用博大的胸怀容纳了我所有的喜怒与哀乐。

别人赞美你的高尚和忠贞，我知道是你带给我安逸与幸福。我对你的爱充满了无尽的感谢和深深的歉疚，假若来世有缘，我们还做夫妻，你无限的温情我会加倍偿还……

（发表于 2005 年《菏泽广播电视报》）

人生感悟

光阴似箭，不留下任何痕迹，人生也不过短暂的几十年。从古到今，祖祖辈辈们都在一呼一吸间繁衍生息，谁也不能主宰自然界的万物乾坤。

每个人在这世间生存都很不容易，就像是一段旅程，只有自己踏踏实实走过看过才算完整。不管你是贫穷平庸还是富有风光，生活中都没有坦途，谁都会有失意坎坷，只有不屈服才有资格去追求梦想。

人要活在希望里，要有方向和目标，生活有了奔头，骨子里就会渗出支撑生命的力量。让信念追随梦想，在坚持中奋力跋涉，人活着就要活得精彩，这样才能体现生命存在的意义。

人存在的价值不在于生命的长度，而在于生命的深度和厚度。人生如灯火，人死如灯灭。灯火辉煌时，你光芒四射、一身荣耀，可昨日的辉煌却不值得炫耀，当走到生命的尽头，回想这一生，有没有为这个社会贡献自己的力量，有没有在人

生中留下浓墨重彩的一笔。假若答案是肯定的，那么也不算白来人世间一遭。

当一个人的生活受到限制时，谁能听到沉默的呐喊？没有跌倒过的人怎能体会站不起来的痛。在苦难的日子里，我一直告诉自己要相信自己，不要轻言放弃，爹娘给的生命怎能轻易践踏。死还不容易吗？难的是活着，好好活着，有尊严地活着。世上的路有千万条，总会有属于我的那一条路。一条路不通再换个思路另辟蹊径。今天是黑暗，明天是阴霾，后天也许会晴天。

人生没有彩排，谁也不能预知下一秒的福祸，所以要用心描绘每一天。人要有度量，以一颗平淡坦然的心来迎接成败得失，以一颗宽容仁慈的心来善待生命的每一次偶遇。幸福也是一生求索跋涉慢慢熬出来的，朝来夕去中能遇见就是一种缘分。

希望每一个人都怀揣着感恩之心，释放传递正能量。赠人玫瑰，手留余香。危难中良言一句会成为与人为善的根源，在力所能及中既帮扶了别人，也愉悦了自身，那种成就感和满足感就荡在心间。

人最可贵的事情就是能时刻反省自己，无论做人做事都要问心无愧。看开生活中不顺心的事，没什么大不了。一切都是浮云，生不带来，死不带去。

时光流逝，岁月无痕，明天依然还要继续……

（发表于2015年5月7日第19期《菏泽广播电视报》）

守　候

看时光匆匆，岁月流逝，又是个四季的轮回，我们已经相濡以沫二十年了。都说结婚二十年是瓷婚，前世的约定今生的缘分，命运让我们携手共勉。这一路风雨兼程的酸甜苦辣铭刻在心！

我，是一个生活不能自理的肢体残障人。在别人或鄙视或怜悯的目光里，像我这样的人就不该有获得爱情的权利。

没有人看好我的婚姻，谁也不会相信我们会幸福，我和他，不过是别人茶余饭后的笑谈罢了。我们的婚姻，确实像是一个瓷瓶，我们俩都小心翼翼地用手托着，一旦哪一方倾斜，瓷瓶就会支离破碎！

你为了一个承诺，二十年来用一颗执着的心不离不弃地守护着生命残存的我。你把我当作是生活的动力，而你是我生命中唯一依靠的支柱。多少次，无奈的日子里我想过放弃，最后这些杂念却输给了感动！日子再苦再难你也会竭尽所能，让

为了一个承诺，二十年不离不弃、生死相依。

这个残缺的家变成一个温暖的港湾。

在农村，尤其是在农忙时，别人家都是出双入对分担辛苦劳累，只有我的爱人你是孤身独影埋头苦干。你起早贪黑，付出别人双倍的努力，劳作了一天后疲惫不堪地回到家，却连一口热水也喝不上，无能为力的我心里只有深深的愧疚和无地自容的负罪感！

七千三百多个白昼黑夜里，锅碗瓢盆的交响，呵护着我的冷暖饥饱。你如此小心地伺候着我的吃喝拉撒，你全心全意付出不求索取，你用挚爱演绎着超凡脱俗的平凡。

这就是用爱编织的生活，一个家的核心是一生一世相互扶持的爱人。好好珍惜身边这个可以把自己放在心上的爱人，再回首时，幸福感会溢满心田……

有一种幸福，叫守候！

（发表于2014年第12期《菏泽广播电视报》）

特殊的入党申请书

敬爱的党组织：

我是您不舍得放手的女儿。我有一个愿望，也不知今生能不能实现，我想在我有限的生命中加入中国共产党，做一个中共党员。

我知道事事我都不能以身作则，甚至不能身体力行，更起不到模范先锋的带头作用。但每一个人的精神是平等的，我虽身体是残缺的，可我的灵魂是完整的，我的心如钢铁般坚强。

党对生命的尊重和不舍弃的关爱帮扶，让我四十六载卑微残存的生命能延续到现在。党的恩泽我余生难以回报答谢。

此刻，我怀揣着一颗感恩的心真诚地申请加入党组织，我也衷心地祝福我们伟大的祖国富强兴旺、盛世繁华。

谢谢党的引领、养育、教诲……

申请人：冯红春

2016 年 7 月 1 日

我的军旅梦

又是一年征兵季，那“一人当兵，全家光荣”的标语，是慰藉人心灵的最高奖赏。一批又一批有志向的热血好男儿满怀激情和梦想，走入这绿色的军营，为我们的国防建设发展注入新鲜的朝气和活力。

看那英姿飒爽的豪迈气质，是从骨子里透出来的“无残酷，不青春”的誓言。风霜雨雪中的历练，压不垮的是坚毅不屈的信念。部队里钢铁般严明的纪律，是规范言行自律立人的熔炉，它锤炼着铁血忠魂，它让青春在自我挑战中脱胎换骨。生命中若有了这一段不辱使命的历史，也是自身超越极限修炼来的荣耀，是一生中最正确无悔的选择。

我的父亲从 1970 年初开始当过三年兵，三年的军旅人生铸就了父亲刚毅的性格。我在耳濡目染的熏陶中，内心也懂得了什么是坚强。我上小学时，就把这个军旅梦悄悄地种在稚嫩的心田，我想，等我长大了，也要去参军。我在年少无知中怀揣着这样一个美丽的梦。

在求知若渴的年纪里，我从课本上读到了很多舍己为人、保家卫国的动人事迹，如刘胡兰、董存瑞、狼牙山五壮士，还有更多的无名先烈。为了把侵略者赶出中国，亿万同胞们用铁骨铮铮的血肉之躯捍卫着祖国的每一寸疆土。他们把满腔热血洒遍了祖国大地，也把自己宝贵的生命和青春定格在那个动荡的战争年代。

当今社会里，也有很多为了维护国家财产、人民利益而献身的勇士，他们用热血演绎了“生的伟大，死的光荣”的荣誉勋章。英雄们的事迹，在历史流转的长卷中被载入史册，我们会铭记他们壮烈的生命历程。

时过境迁，童年的梦想却无法实现。在那个寒冷的春天，我的希望在一瞬间被摧毁。上天无情地把我的命运之门给封锁了，从此，我这残弱的生命被束缚囚禁在一个有限的空间。我虔诚地祈祷，希望上天能把我救赎，然而，一切都无济于事，我依然还要直面现实生活。多少个无奈灰暗、了无生趣的日子里，我也曾想过放弃，可儿时的梦还在啊，那永远无法实现的梦，那遥远又崇高的梦，我一次次撑下来了。为了心中那一点儿没有熄灭的星火，我强迫自己不能倒下。我期待着生命的光还会有希望和奇迹，我在度日如年的日子里，在人生的低谷中努力地坚守着……

我残障的生命能延续到现在，多亏了当今社会，这个和谐的大家庭给了我足够的温暖。我今生不能圆的军旅梦，寄托在了孩子身上。我把我十八岁的孩子托付给了对我情深似海的国家，让他在军营中磨砺成长，守边护防，为祖国母亲尽一点

儿微薄之力。这也算是报答党这二十年来对我们这个特殊家庭不舍弃的厚重恩情！

我的孩子虽是一名普通的士兵，但那枚军功章里却印证着孩子风华正茂的青春，孩子甘愿替我圆了军旅梦，我也很欣慰，也了了我今世自身不能实现的心愿。

新世纪新理念，时代在日新月异地前进，科学在赶超中引领未来。话改革、谋发展、促和谐，从强军兴军到双联双创，处处传递着春天般的正能量。一次次兵役改革，不改不变的是永恒的信仰，是坚定的是信念。把有灵魂、有本事、有品德、有血性四有军人的优良作风用使命来担当，真正践行了当代革命军人的核心价值观。那鲜红庄严的党旗、国旗、军旗辉映镌刻着正义灵魂的信仰。从千百年来动荡不安的烽火战争，到我们现在所拥有的盛世和平年代，这一路的荆棘苦难刻骨铭心。鲜明肃穆的旗帜都是中华各族儿女的骄傲，是靓丽的名片，是共筑中国梦路上最坚定的信念。

祝福我们的祖国：国富山河美，兵强天下安！

祖国，祝福您！

儿子给冯红春寄来的军装照。

我和婆婆相处的这十五年

我嫁过来那年，婆婆已经七十四岁了，我爱人是她四十八岁时才得来的一宝。婆婆个子不高，旧社会时裹的小脚，走起路来步履蹒跚，苍老松弛的面庞上印着她这一生所经历的沧桑。

我的到来，给他们这个原本就忧愁、拮据、紧缩的家庭，带来了很多的困扰和难以承接的不情愿。我能感受到，他们会觉得娶我这样一个生活不能自理的人来当儿媳妇，在人前抬不起头来，心理上和脸面上有种难以启齿的耻辱感，很不光彩。

都说婆媳关系难相处，毕竟先前不曾相识，没有血缘关系，但又要进一家门，人都会将心比心，我只有拿出十分的诚心换来和睦共处。我和公公婆婆吃住在一个小院里，在一起相处久了，他们对我的态度也慢慢地有了一些转变。残酷的现实让他们迫不得已选择了我这样一个身体重残、外观呆傻的女人来当儿媳妇。当时，我爱人的家庭状况很不好，年迈的父母，困苦的家境，两间十多个平方米低矮黑暗的小土坯房，就连一家人的口粮也是要靠借的。真可谓家徒四壁、一无所有，好姑娘怎么会上门。

我们是 1994 年春节结的婚，是爱人一手操办的，花了还不到两百元钱。简简单单的一个仪式，就组建了一个像蜗牛一样负重的家。因为家里穷，我们结婚时没有置办任何的家具家电，真的是一贫如洗。

婆家人在无奈中虽接纳了我这个一无是处的儿媳妇，但在他们的心里，我只是一个没有思想、贪生无耻的寄生虫，苟延残喘地寄养在他们的门下，我是有辱门庭脸面的累赘和耻辱。同时，公公婆婆也心疼自己的儿子，害怕为了照顾伺候我，自己的儿子身心压力负担大、受委屈。更怕我霸占牵住了他们儿子的人身自由，一个男人，一辈子都要围绕着柴米油盐、锅碗瓢盆打转，今生会永无翻身之日。

可以理解老人期盼孩子过上安稳美好生活的这份心情。人都是向着希望幸福去奔的，作为父母谁也不愿看着自己的儿女在水深火热中受煎熬。他们这也是一辈子受苦受穷怕了。

1996 年，公公因病去世了，婆婆一个人也很孤寂。闲暇时，婆婆会来我身边跟我唠家常，讲述她苦难辛酸的人生经历。婆婆说，她十四岁嫁到侯家，进门六十多年来，从没有过过一天安稳舒心的好日子。1934 年 7 月，她刚过门的第二天，结婚时男方给置办的唯一一床粗布的被褥就让邻居家给要走了。原来，婆家这边娶儿媳妇穷得连一床被褥也没有，是临时借的别人家的。我婆婆眼含着泪，只能听天由命、忍气吞声，把苦楚往自己肚子里咽，一丈破苇席将就着和衣睡了好多天。那时候，妇女地位卑微，嫁出去的闺女就是泼出去的水，既然是嫁到了

婆家就要遵守婆家的规矩，生死由命，任人指使，言语上不敢有任何的违背和反抗。在娘家时，她兄弟姊妹七个，家里也是穷得吃不上穿不上，本想着嫁过来日子会好过些，却没想到婆家这边同样穷得叮当响。她年纪小，又摊上个霸道难缠的婆母娘，婆母娘从不把她当人看，整天呼来喝去。吃不饱穿不暖不说，老婆母娘还冷脸恶语呵斥她："我家用两斗粮食把你娶进门来，你就要有个当媳妇的样，什么活都要学着自己去干。你们不是没有棉被吗？分给你们小两口五斤棉花，你赶快学着纺线织布，织了布就给你们做新被褥。"十四岁的她，白天被束缚在织布机上学织布，夜晚还要围坐在纺线车前纺线，却连一盏小油灯也不让她点，要么就着月光，要么点燃一根香来当作灯。有一次，香头上的火星引着了一些棉絮，就惹来了一顿暴打。她在黑夜中摸索着纺线，婆母娘就坐在一旁监听着，如果纺车不嗡嗡作响了，她就会被呵斥。在公婆面前，她没有任何的人身自由。

婆婆每次给我讲述她的亲身经历时，她总是说往事都历历在目，犹如昨天，伤心的泪水也总会潸然而下，这不就是刻骨铭心的心痛吗？她说她当时年纪小，结婚五年多没有生孩子，婆母娘整天点着她的头数落："俺养了你五年多了，你连个蛋都不下，俺要你有啥用……"又过了几年，她一连生了三个孩子，三个孩子却先后都夭折了。大的男孩七岁了，因出麻疹没钱医治，全身感染溃烂而死。小的女孩三岁，出天花高烧不退，也是没钱医治死亡。她还有一个孩子是死于难产，当时她一天多不吃不喝在痛苦中无奈地挣扎，胎儿却憋死在腹中。在那个整天挨饿的生活境地里，十月怀胎孕育生命，可想而知会有多辛苦。几年间，三个孩子在她的眼前逝去，给她的打击是沉重的，希望在短暂的时光中如流星般陨落了。日子一天天在苦中慢慢地熬，婆婆历尽了艰辛磨难。在这之后的十七年间，她又孕育哺养了两儿两女。没有房子住，她就自己用筐背土、担水、和泥，垒建土坯房屋，虽简陋却能遮风挡雨。没有吃的，她就吃树皮和草根，经常是三五天吃不上一顿粮食，长期的饥饿劳累致使她不到四十岁牙齿就全部脱落了。就是吃大锅饭的那一年，她也从没吃饱过。那时孩子小，她在吃大锅饭时总是会吃一半留一半，等到孩子饿了，再拿给孩子吃。这也许就是普天下母亲的共性，那是伟大的无私的母爱，宁肯自己饿着，也要为儿女省一口吃的。

以前在村生产队里集体干农活，靠挣工分来分口粮，多劳多得。有一次，她和七八个人一起拉着麻绳耙地。队长一声号令，别人都不舍得出力气，而她却因为用的力太大了，一下子把麻绳挣断了。这件事也被别人当作笑谈流传至今，人们都说她太实在了。

我婆婆还给我讲述了 1947 年羊山战役她所经历的惊心动魄的战乱生活。她说她真的和日本鬼子见过面，当时也没想到能从那个动荡的年代活到现在，而且还能过上安生太平的好日子，吃上白面馍馍。那个时候，死的人太多了，不是饿死，就是惨死在日本人的枪弹屠刀下。当时日本人袭击霸占了羊山，刘邓大军在这里一战就是十八天。十八天里秋雨绵延，仿佛老天也是在为这残酷沉痛的硝烟而哭泣。人员伤亡太惨重了，雨水与血水交融，有多少位无名的英雄，为祖国的荣誉而壮烈牺牲，一腔热血浸染了这片土地。我们家距离济宁金乡县羊山镇

只有九公里，是后方驻扎的地方。听婆婆说，我们家院子里住的全是伤员，前院是指挥部，后院是伙房，飞机每天都在头顶上空盘旋。有一次，婆婆和几个妇女去田地里挖野菜，却碰上了两个日本兵。日本兵用枪撵着她们往前走，婆婆她们毫无反击之力，吓得不知所措，也不知道最后走到了哪里，后来是被几个民兵解救出来的。等回到家，家里也被日本人扫荡一空。一个铁锅、几只小鸡、一床破旧的被褥、半袋子高粱，这就是一个家的全部家当，然而全都荡然无存，只是死里逃生捡回了一条命。

婆婆说，1958 年自然灾害，地里的庄稼没有收成，人人都在忍饥挨饿，连树皮草根也吃不上。这一年，饿死了很多人，她又赶在这一年里生孩子，饿得连路也走不动，全身浮肿，好在村队里给每个生孩子的妇女补发二斤粮食煮水喝来保命。她说那个时候的人都想着，要是有朝一日能吃上一顿饱饭，该有多好啊……

一年年从年头忙到年尾，推碾子、拉磨、纺线、织布，为了一家人的吃穿生计，婆婆在艰苦岁月中坚韧不拔。在穷困的日子里，有时还要挨自己男人的打骂，婆婆真是一个苦了一辈子的女人，她常说："只有认命我才能活到今天，要是和别人比命，我早就去死了。"

婆婆年纪大了，走不了远路，只要她在家，就会陪在我的身边和我做伴聊天。人岁数大了，总是爱提起那些生命里尘封的记忆。每次她给我讲述她艰辛的人生经历时，我都会用心聆听。看着婆婆被岁月摧残的佝偻身躯、满头的银发和衰老的面庞时，我都会心生敬畏。可惜我这样一个身体重残的儿媳妇，却不能给婆婆端茶倒水，不能尽儿媳妇的孝道。也是因为这样，这么多年来，我们生活在一起，却从没有因为什么事红过脸。虽然我不能帮婆婆干任何的体力活，可是我会尽可能地体谅她，顺从她。而婆婆当着我的面也从没说过一句过分的怨言。有时她为了减轻儿子的负担，就去闺女家住上一段时间。她总是唠叨说："人的年纪大了，不中用了，整天只等着吃饭，不能干活了，在哪一个儿女家住得时间长了，都会惹人厌烦……"

婆婆八十六岁的时候，突然患上了"阿尔茨海默症"。她整日整夜地大声号啕，没完没了地哭啊吵啊，永无止境地谩骂，谁的劝慰也不听。吓得邻居都不敢在我们家院门口大声说话停留，怕婆婆听到了再引起她的哭骂声。婆婆把自己一生所经受过的苦难遭遇都讲述给我听，可她的大脑思维却失去了自我控制的能力，对谁也没有了先前的和蔼亲近。生病后，婆婆对我的辱骂气势更是如深仇大恨般。我想这是不是就验证了那句话：越是和谁亲近，越是伤害谁最深。虽然我不是婆婆的女儿，但十几年的和睦相处，这种婆媳感情已经超越了母女亲情。婆婆和儿女们不愿说的话，对我却毫无保留。这个小院是我们共同居住、唯一的家，面对婆婆无休止的哭骂声，我无处躲，也无处可去。两年多的时间里，我全程聆听。起先觉得婆婆是倚老卖老，也怨过她，可时间长了，听习惯了，这种怨就转变成了哀怜和疼爱。婆婆是我的长辈，她在意识不能自控时用这种方式把心里沉积了一生的委屈，找这样一个出口来宣泄释放了出来。我知道她这一生耗损心血太多，导致她脑萎缩，控制不了自己的情绪，所以才想哭就哭，想骂就骂，浑浑噩噩中也无所顾忌。我也能理解体会得到，她这样自己也很痛苦，我们

只能任由她吵闹，却无法替代她的痛苦。婆婆已瘫卧在床一年多了，和我的境遇没有什么不同，我深知这种身不由己的苦和难，她把自己辛苦养育的儿子都交给了我，我还有什么资格怨她呢。

我过门这十五年来，婆婆在吃穿上从不挑挑拣拣，儿女给什么就是什么，也从不张口向儿女索取。她这一辈子，生活再苦却也恪守着本分，勤劳、节俭，是典型的劳动妇女。可在她日渐老去的日子里，她一手拉扯大的儿女们家境贫寒，并没有让她享其他老人那样的福。这也是无能的儿女今生对她留有的最深痛的亏欠和遗憾。

婆婆生命最后的一段日子里，病痛让她饱尝了苦痛和折磨。她瘫卧在床，身体蜷缩着，一动也不能动，身上多处长了褥疮。最后的一个月她不能进食，只靠奶瓶从嘴角流入一些牛奶来维持着微弱的气息，疾病耗尽了她的气血，人也骨瘦如柴奄奄一息，让人不忍目睹。

2009 年 6 月 29 日，婆婆走完了八十九年的生命历程。虽然她微不足道，毫无功绩可言，可她一生的隐忍与坚强却是伟大的。

如今，我将婆婆亲口给我讲述的她苦不堪言的经历用文字记录下来，这也是一个中国最普通的劳动妇女在这世间的人生印记。

我亏欠三个男人的恩和爱

在我潦倒黯淡的生活中，有三个至亲至爱的男人陪伴着我，他们三个，也是我亏欠感情债最深最重的人。

举步维艰的生命中，我把这不能释怀的爱用文字来表达，这三个男人是我的父亲、我的爱人和我的儿子。

父亲，您出生在上个世纪 50 年代，从小就受苦受穷，艰辛和苦难似乎陪伴了您的一生。每次看到您慈祥苍老的面庞，深深的愧疚感就会在我心里翻涌。您为了自己肩上的责任饱尝着生活的苦涩。三年的军旅生活铸就了您执着坚强的性格，为了儿女快乐成长，您甘愿吃苦受罪付出一切。经过您的手搬运过的货物，如果垒加起来，真的可以像泰山一样巍峨厚重。您把一生的时间、精力、热情都凝聚在我们身上，自己留下的却是满身挥之不去的疾病。一年到头，您从不舍得闲下来给自己疲惫的身心放个假，您把平凡的父爱诠释得更无私、更伟大。

似乎每次去看您，都会发现您又苍老了许多，我的内心

就会充满了疼痛与自责。我会时常想念您，却不能时常去探望您。我深知您这些年的不容易，却不敢轻易向您许诺任何事，因为无能为力的我兑现不了对您的承诺。您的外表刚毅坚强，可您的内心无比柔软脆弱，我也很想做您的贴心小棉袄，可是我……

有时，我甚至在想，如果您的生活中没有我的拖累和牵绊，也许会幸福得多。

爱人的如约而至，让我残存的生命有了新的归宿。爱的伴侣让两颗缘定今生的心，合而为一。也许是上辈子你欠我的，现实生活中你是甘愿为我付出的守护者。一个承诺，我把终身托付给了你，信任超越了所有的甜言蜜语。一个健全的人和一个残障人的结合要有很大的勇气，面对外人的冷嘲热讽，有辱门庭的偏见，你顶着巨大的压力包揽了我所有的负累。

在他人的评语中，身为人妻的我一无是处，不能帮你操持家务、分担辛苦，没有给你做过一顿饭。我呆傻木讷的外观形象没有给你撑起一个家的荣耀。粗茶淡饭中我们相互牵挂，平平淡淡相濡以沫地过日子，我每一天都是幸福的。红尘中有了你的陪伴、呵护，风风雨雨我们同舟共济二十一年，这是天定的良缘。只要你不言放弃，我们就甘苦与共、生死相依，不求感动天地，只求天地能见证我们这份背负着枷锁的爱情。一路走来，我深知其中的艰辛和不易，未来的路依然要我们相互搀扶，专心守候。

儿子是我苍白生命的重新描绘和延续，上天的眷顾让我无根的心从此有了寄托，我空虚的灵魂也被你占据。

儿子，既然上天把你赐给了我，我们就是血脉相连的母子。

我不能给你全身心的呵护和优厚的物质生活，有我这样一个残障的母亲，可想而知，你受了多少委屈，无用的妈妈只能看在眼里，疼在心上。儿子，妈妈向你说声“对不起”，今生对你亏欠的母爱真的无法弥补兑现，请你原谅。

儿子，妈妈凡事都不能身体力行，不能做你的榜样，但我还是会灌输给你高尚的思想品德，培养你积极向上的灵魂和坚强正直的品格。妈妈只希望你踏踏实实做人，实实在在做事，生活再苦再难也要做到心里坦荡荡，不玷污尊严。你长大了，我把你带到这人世间，但你不属于我，你可以用理想点亮未来，放飞自由的身心。如今，你是一名战士，妈妈希望你忠于自己的信仰，守护好祖国边疆的大门，我相信这一身绿军装足以规范你的人格和品质，为你风华正茂的青春赢得一份荣光！

妈妈希望你有一个好的前程和未来，儿子，妈妈相信你……

我生命中这三个至亲的男人都承载着我的命，是我力量的源泉，也是我心里沉甸甸的亏欠和牵挂。今生我得到了这三个男人的真情，我就如同拥有了全世界。你们，串联起了我生命的唯美诗篇，是我生命中永恒无价的宝贵财富。

今生我亏欠了你们的恩和爱，只希望下辈子我们还能做相亲相爱的一家人。今生难圆的梦，来世我加倍报答奉还。我要做个不被束缚的自由人，做个孝女，做个贤妻，做个良母……

（发表于2015年7月19日第28期《菏泽广播电视报》）

我生命被困的这三十年

我抛开纠结，鼓足勇气，我想把我痛彻心扉的人生经历，用文字记录下来，对咱大众老百姓也许会是一个警醒和启示！

健康，对自身、对家庭、对社会都是一笔千金难买的财富。健康，才是自己一生的资本。

四十二载的人生路，我已背负着沉重的枷锁在困境中挣扎了三十年，我把我这三十年、蹉跎无奈的生活经历现身说法，展现给大家。无论你对我的无知是鄙视非议，还是怜悯同情，这都已是过去，人生还能有几个三十年呢。希望我的悲剧能到此为止，不要再重演。

我在十一岁之前是一个健康的孩子，我也有梦想，也憧憬着能穿上那英姿飒爽的绿军装，我也曾是父母的希望。可命运却跟我开了个荒谬的玩笑，它在一瞬间用枷锁束缚了我，让我一生画地为牢，把我囚禁在地狱的牢笼中。我生命中最美好的青春年华都被禁锢在一方小小的天地里。我企盼上天给我的酷刑是误判，我虔诚地祈祷上苍能把我救赎。为什么？为什么将我放到这人世间，又剥夺了我的人身自由？我到底哪里做错了，上天的仁慈哪去了？我千呼万唤却是天地无应，事已至此，只有任命运宰割了！

那是 1985 年正月二十六的上午，我在昌邑小学读三年级。下课时我突然流了很多鼻血，同学薛爱还把自己棉袄里的棉絮撕出来给我塞鼻孔止血。当时没在意，却不知道这是扼住我命运的根源。而那一天也是我最后一次在学校里和同学们一起听老师讲课。我真的很留恋在学校里的童年时光。

放学回家后，我没有把流鼻血的事告诉母亲，一边帮母亲烧火做饭，一边吃一小节甘蔗，那还是父亲开拖拉机卖石头时从县城花两块钱买来的。在我的记忆中，那甘蔗一点儿都不甜，颜色还有点儿发红发暗，可能是霉变了。当时也不懂，还舍不得吃，觉得很稀有，想留给弟弟妹妹吃，我就吃了一小节。饭快做好了，母亲让我和弟弟一起去喊父亲回家吃饭。去时我们姐弟俩一路欢歌，回来时在离家不远的地方，我突然昏倒在路上，昏昏沉沉中知道是父亲把我抱回了家，当时的我还有一点儿意识，却说不出话来，随后就完全处于昏迷状态。

父母看着昏睡中的我既着急又害怕，就用地排车拉着我跑遍了十里八村的小药铺，还请来了算命的先生给我驱邪，可救女心切的父母费尽全力也没有唤醒昏迷中的我。（那时父母不知，如果真的是吃甘蔗中毒，一旦伤到了中枢神经，在家拖延时间越久，后期的治疗就越难……）在家一连九天不吃不喝还是处于重度昏迷，也没有找到病因，万般无奈的父母又四处求人帮忙，东拼西凑，准备去济南给我治病。

当时交通并不便利，更何况还带着一个昏睡的我。几番周折，终于来到了济南省立医院。经过抽血、腰穿等各种检查，依然未确诊发病原因。昏睡了十五天后，我才慢慢有了意识。在医院长达一个月的治疗，花光了父母所有的积蓄，还欠了外债。我虽然头脑清醒了，却不能走路，医生建议回家疗养。

人都是病急乱投医，父母为了让我能早日站起来，到处打听医生。讨偏方、求神拜佛、针灸电疗，二十多味中药用大瓷盆熬，小砂锅煎，西药一瓶接一瓶从没间断过。花了不少钱，我也受了不少罪，病却没见好转，我成了药物的试验品……在一次服用了大量马钱子丸和其他药物后，原本只是不能走路的我，从那一刻起，外观形象、一言一行、一举一动全都改变了，伴随我一生的将是那挥之不去的痛苦折磨。我手脚开始抽搐、痉挛，不能自由伸展，脖子发挺僵硬，脊椎腰椎也开始变形，眼斜嘴歪，口张开闭不上，吃东西不能自由咀嚼，说话舌头发短，语言不清，眼睛发直，目光呆滞。外观看上去呆傻木讷，人格尊严都不复存在了，只有一个清醒的大脑在备受煎熬。

外出时，别人像看怪物一样看我，羞辱剥夺着我脆弱的自尊心。我也就很少出门丢人现眼。我摆脱不了身体的痛苦，想自残也无门。医盲无知乱吃药葬送了我的一生。然而生活中没有假如，事情已经发生，后悔也没用……

我也听过一些医学小知识，我分析总结了从始至终的病因，也不知对不对，如果哪位医生能看到给予指点，我感激不尽……

1. 我那天大量流鼻血。

2. 如果放学回到家能及时吃饭给大脑补足营养，就算是吃了一节发霉变质的甘蔗，也不会伤大脑的中枢神经这么重。

3. 如果我能及时得到救治，不在家拖延那么多天就不会昏迷半个月才有意识。

4. 之后吃了大量的马钱子丸，伤到了肝。

1996 年 4 月，我二十三岁，孕育生命九个多月，日夜备受煎熬，担惊受怕中期待幸福的来临。我剖腹产下了一个健康的儿子，一声落地的啼哭让我感到我所受的痛苦都是值得的！记得怀孕八个月时，去做 B 超，医生说胎位不正，胎儿很小头很大，还脑积水，换句话说就是孩子生下来也可能是个傻子瘫子，还说我这个样子谁也不敢给我接生，怕出事。当时医生的话给我的打击太大了，我差点儿就要放弃了。

孩子在我们这样的家庭里长大成人，可想而知，他会受多少委屈。我亏欠孩子的太多了，好在儿子为我圆了军装梦，也为自己风华正茂的青春赢得一份荣光！

产后两个月我又因风寒得了重感冒，这之后又落下了一个病，此后的十九年一直困扰着我，每年都会犯几十次。经常是深夜十点至凌晨一点左右，身体的各个关节处，就好像有千万个蛆虫在爬，太痛苦，太折磨人了，一年三至四次的休克、水肿、囊肿……

当生存的质量下降到谷底，当生活的空间如井底般狭小封闭……由于自身的障碍，外面的世界对我来说是遥不可及的向往。但我依然坚强地活着，而且我尽量不给任何人添麻烦，有时候摔在地上爱人抱不起来，我就控制食量。我不能改变世界，不能左右他人，但我能改变自己。世界抛弃了我，可我不能放弃我自己。

我从不敢放纵自己的心，不能让自己懒惰、颓废。既然今生是个人，在这世上活一遭，无论是站着走，还是爬着行，都要让这一撇一捺用心演绎。我饱尝了这红尘中的疾苦，却不想让心活在无知中。即使折翼了，心含泪也要努力飞翔，就算这一生碌碌无为，没有任何成就，至少我们真真切切地努力过，就不会留有遗憾……

人残了，我不想让自己的心和灵魂也残了！

（发表于 2015 年 7 月 30 日第 31 期《菏泽广播电视报》）

被轮椅困住的生命。

写给儿子的一封信

世界上最美丽的声音，便是母亲的呼唤。

——但丁

我亲爱的孩子：

儿行千里母担忧，从你背起行囊走出家门那一刻起，我的心里就涌起了阵阵酸楚，这酸楚撕扯出我千丝万缕的思绪。往事历历在目，如烙印抹不掉、挥不去。

从你出生那天起，就注定了这份无可替代的母爱是残缺的。孕育的二百八十天里，我度日如年，却怀揣着对未来的期盼。你落地的第一声啼哭，给我的生命增添了新的意义。你的到来，为我灰暗的生活带来了希望，但喜悦之中也掺杂着忧伤和苦楚。随着你一天天长大，原本该在父母手掌心撒娇的你，却早早地学会了做饭洗衣，承担你不该承担的家务。

记得有一天，你突然拥到我怀里，仰起稚嫩的小脸对我说：

一张老照片，冯红春和她的儿子。

“妈妈，等我长大了，会给你买个好轮椅，再把你的腿治好，这样你也可以像别人的妈妈一样，抱着我出去玩了……”听了你的话，我泪眼蒙眬，感动和愧疚在心里交织。

记得2000年春节前几天，你出去玩了一会儿，回来就跟我央求说：“妈妈，别人家都用油炸丸子，还用肉包饺子，咱也做点儿吧。”看着你渴望的眼神，我既心酸又惭愧。这件事对于普通的母亲来说根本算不了什么，可是我却不能做到。那一刻，我对自己痛恨到了极点，对你的愧疚也到了极点。

你慢慢长大，很快到了上幼儿园的年龄，可是，有一天，你哭着跑回家，说什么也不愿意去上学。我问你原因，你只是哭。后来，你才哽咽着告诉我，有几个大班的同学笑话你有个不会走路的妈妈。听着你委屈地哭诉，我的心被刺得生疼。我不是一个称职的母亲，不能在你的成长过程中为你撑起一把有力的保护伞。我虽然给了你强健的体魄，却没有给你一份完整的母爱……

孩子，你是妈妈的孩子，你是上天赐给我的珍宝，妈妈看到你，就对这世间充满了感恩。我承认，有时对你的行为要求有些苛刻，那是因为我残存的生命没有给你树立一个好的榜样，而你是妈妈唯一的希望。相信等你长大以后，就能理解妈妈的良苦用心，妈妈不能只给你生命不给你人格品质的约束。人无德不立，做人做事不可逾越道德的底线，无论贫贱富有都要活得有尊严。

孩子，现在你长大了，参军入伍了。部队是座大熔炉，钢铁般的纪律、严格的管理，不仅可以磨炼你的意志、锤炼你的性格，还能培养你遇挫不妥、遇败不躁、遇险不惊、遇荣不骄的品质。

妈妈相信，你一定会拥有崭新和美好的未来。

永远爱你的妈妈

2015 年 6 月

（发表于 2015 年 6 月 19 日《菏泽日报》）

智慧从这里启程

我们每一个人从出生的那一刻起，就注定是这社会大家庭中的一员。从一个呱呱坠地的无知小婴儿成长为有识之士、栋梁之材，要有多少人倾注心血。

父母是我们的第一任老师，从牙牙学语到蹒跚学步，他们全心全意地呵护着我们，在立身处世、待人接物方面用言传身教为我们树立了榜样。每一个做父母的都盼望着自己的子女成龙成凤，每一个孩子也都是父母手掌心上托起的希望。为了希望之星绽放，父母把稚气未脱的孩子交给学校，让孩子去学习更宽泛的科学知识。让更高层次的文化素质提升孩子认知世界的能力，让孩子更能适应时代脉搏的律动，让孩子胸怀志向、立足成才，这就是为人父母的心愿。

从步入幼儿园时起，一任又一任的老师给孩子们提供充足的精神食粮。老师们以高度的责任感细致耐心地把小书本里的大智慧植在幼小的心灵中，让天真烂漫的心灵释放灵气。

老师们肩上担着使命，他们是人类灵魂的工程师。他们秉承着以天下为己任，以人为本的理念。他们更是当代人格自由与精神独立的向导，引导学生树立远大的志向，培育学生的创新精神，锤炼学生的意志，帮助学生形成正确的人生观、价值观、荣辱观。

每当我忆起在校园读书时的情景，想到恩师们温柔又略显疲倦的身影，我都会心生深深的敬畏。他们如春风关爱着祖国的未来，呕心沥血打造新世纪课程。他们默默无闻只为百年树人做人梯，像蜡烛一样无怨无悔地释放满腔的光和热。他们一丝不苟地劳作，燃尽自己照亮未来。

人人都享有受教育的权利，为此国家在 1996 年制定了九年制义务教育的基本国策。从 1995 年开始，为老师设立了法定的节日，每年 9 月 10 日为教师节，这充分说明了中国尊师重教的一贯传统。祖国繁荣兴旺，教育先行，知识可以改变命运成就梦想。再穷不能穷教育，再苦不能苦孩子。

教育，可以兴邦！

夫妻之间

身边有个真心陪伴你过一生的人，这，就是天大的幸福。

世界这么大，百年修得同船渡，千年修得共枕眠，两个人能生活在一起是上天恩赐的良缘。彼此在心心相印中做知己、做夫妻，在相濡以沫的生活中让心有所属。爱情永远都是永恒的美丽神话，它的魅力是无穷的。相爱的两个人沐浴在爱的旋律中，庆幸自己选择了对方，一个承诺托付了终身，把生命中最美好最宝贵的年华无限制无条件地赋予了对方。

热烈新鲜的激情过后，又是平凡平淡的现实生活。平凡夫妻最主要的生活还是柴米油盐、锅碗瓢盆。人在红尘中，谁都会有烦恼，夫妻间闹情绪时，不是懒言少语就是话如利剑，不惜用恶毒的语言伤害身边最亲近的人，肆无忌惮地攻讦。那一刻，谁还会顾及对方是否会心碎。

其实，男人和女人能做亲密无间的夫妻已是前世修来的缘分。爱情的恒温保鲜需要两个人用心来经营，万人追也不如一人疼，只要夫妻一条心，黄土也能变成金。婚姻能走到最后都是生命与生命的相托。

爱情的构筑，是让两颗心相互扶持着，包容、信任、真挚的情感助力着每一天的温馨美好，哪怕是在艰辛的岁月中也会营造出一份甜蜜，双方都把这个家用心扛在肩上，用一辈子来呵护担当。人在凡尘中，都想拥有安稳幸福的生活，平凡平淡的生活中也正是因为有了另一半心手相牵的陪伴，才让生命充满活力，苦日子也会觉得甜。两个人为了一个家的圆满，在人生旅途中一路风雨同舟齐心协力，那个知冷知热能把自己放心上的人就是与你携手相守的爱人。相爱的人眼神会有默契的交会，此生为伊人所付出的一切，只要对方眼神的肯定，都是有意义的。

一辈子不弃不离，白头偕老的爱情需要两个人全心全意去呵护。两个人共同付出，才能撑起一个家的和美幸福。

祝福每一个小家都能家和万事兴。

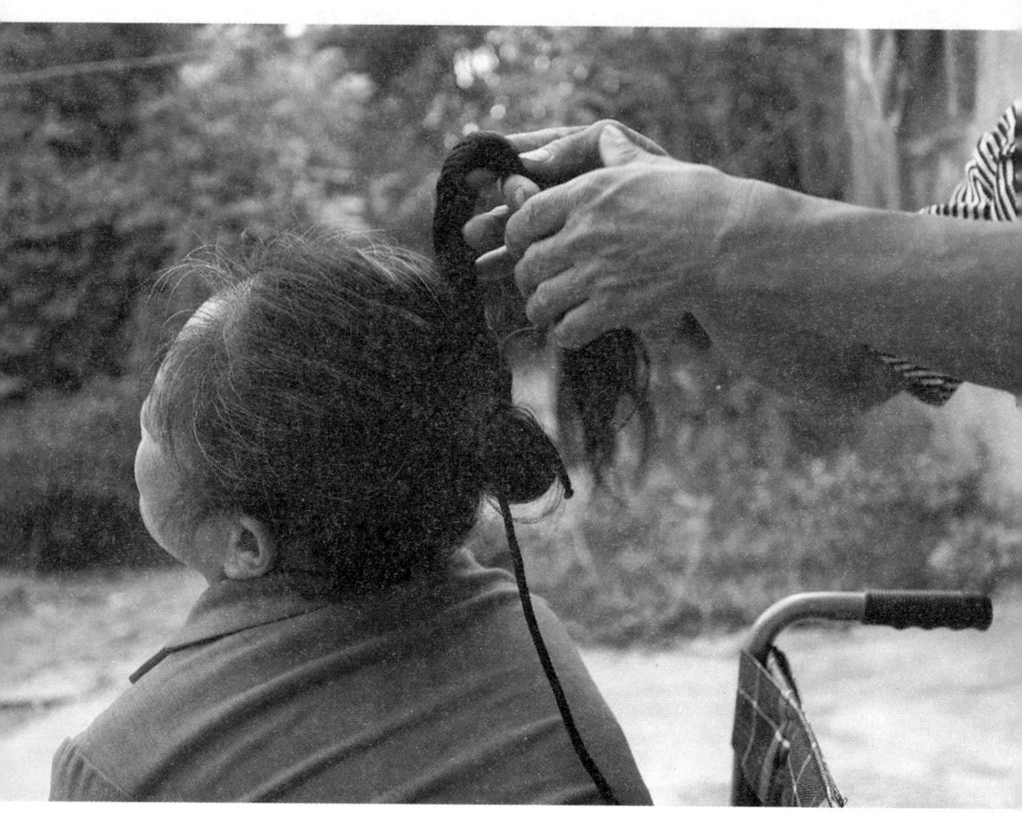

冯红春的丈夫从不把爱挂在嘴边，但他对妻子的爱就体现在生活的一点一滴中。

母亲做的手工布鞋

日子像浅水坑里的水，一天天被蒸发。人在凡尘中忘掉的是过去，不能忘怀的是记忆。有时回忆像杯加糖的咖啡，一把小勺搅扰了沉淀在流金岁月深处的成长印记，让人或苦涩或甜蜜地回味一番。

如果能把思绪再牵扯回三十年前的七八十年代，不管是城里人还是乡下人，都会对母亲做的白底黑帮的平底布鞋留有深刻的记忆。

那时，大多数家庭都有三四个孩子，这些孩子的吃饭穿衣全靠母亲亲手做。那时的集市上也很少有卖鞋的，即使有卖鞋的，也是富裕家庭才能买得起，买鞋对于平常家庭来说是很奢侈的事。

我们兄弟姐妹的鞋也是全靠母亲一针一线地做出来，白天做鞋帮，夜晚坐在油灯下纳鞋底。母亲给孩子做的每一双鞋都很用心，时常用手来测量孩子脚丫的大小。给小孩子做鞋时，

既不能太大，太大了鞋不跟脚，又不能太小，小孩子的脚长得快，一个孩子一年至少要穿破四双鞋。

那时的母亲，一年四季只要有空闲，就会给孩子缝衣服做鞋，夏天做单布鞋，冬天做棉布鞋。她们从不舍得停下来给自己一些休息的时间。母亲用碎布把鞋底填充得厚厚的，生怕孩子在走路跑跳时硌脚。孩子哪知道这一双厚实合脚的布鞋，母亲要花费多少时间和手劲才能制成。孩子成长的每一个足迹都离不开母亲的一针针、一线线。在那个年代，穿着母亲亲手做的布鞋，我们走出了人生中最踏实有力的步伐。

有些手巧的母亲在给自家女孩子做布鞋时还会绣上花。一朵朵鲜艳的花绽放在花枝绿叶中，依附在鞋帮旁，一双绣花布鞋穿在自家女儿的脚上，美在母亲的心里。

近些年来人们的生活水平不断提高，老百姓们也开始追求时尚。这老土不上档次的手工布鞋在时尚潮流中黯然失色，被人遗忘。看那鞋店里、地摊旁，各式各样的鞋陈列着，皮鞋、球鞋、单鞋、棉鞋、拖鞋、凉鞋，高跟的、平底的、新款的、名牌的……一双双鞋犹如优美的艺术品，让人目不暇接。就算是平常百姓家，买一双大众样子的鞋，也用不了多少钱，价廉物美，谁也不会再花上五六天的工夫做手工鞋了。

母亲给我做的一双布鞋快十年了，这双黑布鞋也已被岁月摧残得很破旧了，可我依然舍不得扔。我的脚扭曲变形得厉害，再美丽漂亮的鞋穿在我的脚上也如同给我上了枷锁酷刑，脚趾疼痛难忍。买的鞋虽美，合不合适只有脚知道，我只能饱个眼福，不能让脚束缚在那美丽款式的鞋子里。

我母亲由于手指关节疼，已有十几年没做过布鞋了，因为做布鞋要花费很大的手劲。我也从不在母亲面前说买的鞋不舒适，脚会疼，可细心的母亲还是察觉到了。花甲之年的母亲又买来了针线和黑条绒布，找来鞋样、碎布头等等，把丢了十几年的手工活又拾了起来。母亲重新戴上老花镜，开始穿针引线，做鞋样，剪鞋底，铰鞋帮，每一个步骤母亲做得都很认真仔细。

母亲说："买的鞋再好看，我闺女的脚穿着也受委屈。不过人不服老不行啦，心里总觉得做双鞋能是啥难事？可一做就力不从心。这眼也花了，手也使不上劲了。但是我就是粗针大线摸索着，也要给我闺女再做一双布鞋。要不等我百年之后，就不能再给她做了……"

听着母亲喃喃的话语，我心里翻涌着阵阵酸楚。我在母亲关爱的目光中长大，而母亲却在我眼前日渐老去。

人这一辈子含辛茹苦养育儿女，是为了防备衰老的那一天孤苦伶仃，是为了年老后有个依靠。都说女儿是母亲贴心的小棉袄，可我呢？我却是母亲身上那件厚重又湿冷的棉马夹，丢掉了可惜，穿着却让人心里打寒战。我，一个外观呆傻如怪物般的重度残疾人，我知道我是母亲心头的一块磐石，可心地善良的母亲在那些苦涩难熬的日子里从没有动过放弃我的念头，她把人世间最仁慈的母爱都给了我。不中用的女儿把您这一生为我承载的苦和难都看在眼里，记在心上，我的内心也沉淀了太多的自责和愧疚。

看着母亲亲手给我做好的新布鞋，那密密的针脚里饱藏着母亲浓浓的爱，流淌着深沉厚重的真情。这双黑色的新布鞋穿在我的脚上，不大不小、不紧不松正合适。

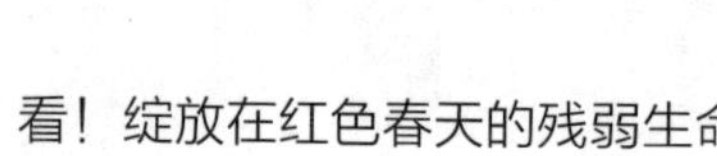

娘，我是您用尽一生心血养育的女儿，却不能让您老晚年有一个依靠。今生在您的膝下做女儿，我是幸福的，幸运的。若有来生，我一定要做您贴身又舒心的小棉袄。

冯红春母亲亲手做的布鞋。

人生启示录

生命跟我开了一个玩笑，它用枷锁束缚捉弄了我，我就慢慢地自我救赎。人残了，我不想让自己的心和灵魂也残了。我不想让自己的思想在无知中颓废堕落，我努力地让这卑微的生命延续到余晖落幕，感受这生活的不完美。心里的所思感想，都力所不能及，有口也说不出。只能把这尘封的感情和肺腑之言，在这笔尖下用文字来抒写表述。

人残了，心也要飞翔。

我把我残存卑微生命中经历过的一些事情和生活中那些无法反转的苦涩艰辛，把有口却也表达不出的内心感谢和屈辱，通过文字诉说，记录心声，不管有没有人来阅读和倾听。这都是我发自内心的真情感言。有些事，虽然沉淀在流逝的岁月里，沉淀在过往的时光深处。可心里深藏着的有来自各方的温暖大爱，有对生命尊重不离不弃的感动，当然也有话如利剑痛彻心扉的伤害。

从 1985 年正月至今，三十多年来，生命举步维艰，我被囚禁在画地为牢的有限空间中，饱尝着命运赐予我的种种酷刑。这身枷锁将会伴随我一生，每时每刻都如同炼狱。痛苦绝望中，多想能摆脱病魔的束缚，有片刻的身心轻松。都说好死不如赖活着，可那种心碎的疼痛和无奈，如不是置身其中，亲身感受，谁能理解体会这寸步难行、度日如年的苦和难。多少个无奈的日子里，也曾想过放弃，可想到父母含辛茹苦把我抚养大，又一路背着我走南闯北求医问药。他们再苦再难，也没有过放弃我的念头，我又怎么忍心把他们给予我的生命用自残的方式结束，去伤害他们。然而，必须承认的是，我的存在实实在在拖垮了整个家庭，亲人们陪伴着我走过艰辛和苦难，我成了家庭的累赘、政府的负担。

我和我爱人在 1994 年结婚，至今二十二年了。结婚时，我爱人家里一贫如洗，只有两小间不到二十平方米的土坯房。我们就在这低矮黑暗潮湿的土房子里住了十年。婚后第二年，我剖腹产生下了一个男孩。那时，没有人相信我能生孩子，而孩子的到来，为我们灰暗的生活带来了曙光。但孩子也加重了我们的负担，我们的日子过得更加紧紧巴巴。孩子太小，没有人照看，我婆婆那年七十八岁，又摔坏了腰，瘫卧在床，又加上我这么一个不中用的瘫子，我丈夫一个人要照顾三个生活不能自理的人，还要管理四亩多农田。他像机器一样里里外外不停地忙，就是这样也时常顾了这头顾不上那头。农田里的杂草比庄稼还要高，庄稼都荒废了，不能说是颗粒无收，也是寥寥无几。一亩地的玉米也就收一百多斤，四亩地的小麦也是收千把斤左右，再除去每人要缴纳的一百多斤公粮后所剩无几。秋后还要交提留款，真的是连肚子都填不饱，粮食年年接不上茬。

冯红春和丈夫的结婚证。

有一次，我的邻居跟我说："你家粮食年年不够吃，你又不能干活，你少吃点儿，别吃饱啊。"我听信了他的话，每顿饭只吃半饱，可坚持了不到一个月，因为身体抵抗力下降，得了一次重感冒，高烧不退，咳嗽不止。既然死不了，还得治啊。光打针吃药就花了七十多元，省了半顿饭，却浪费了那么多钱，够一家人柴米油盐两个月的生活费了。真的是得不偿失。

我外观呆傻，不能动弹，言语还不清，半天说不出一句话，家里又穷，旁人都躲着我，谁愿意和我这样的人交往呢？也有人当着我的面说："你看，合芝家的媳妇傻成了这样，要东西没东西，要人样没人样，媳妇迷才娶个这样的哩。"是啊，在别人的眼中，我就是一个一无是处的傻子。那如利剑般的话语刺痛着我的心，我虽然看起来像傻子，但我的大脑是清醒的啊，我什么话也不能反驳，只能在屈辱中煎熬。我那一点点脆弱的自尊心，被泯灭践踏得无地自容。我的亲人都跟着我受连累，我每天心里都是满满的愧疚，良心上罪责难逃。

1997 年，党和政府把温暖的手伸向了我，给我第一笔救济金三十元，这一帮就是二十年。我衷心感谢党和政府以及一任又一任的领导干部对我们这个特殊家庭的照顾。还有太多关心帮助过我们的好心人，谢谢你们在我艰辛卑微的漫漫人生路中的扶持，让我灰蒙蒙的生命看到了希望，并延续到现在。你们无价真情大爱的绵延，你们的恩泽，我会铭记在心。我把那一笔笔在我危难时候救命的善款、物品都记录在册，一袋面粉、一桶油、一件旧衣、一把菜、一个馍馍、一句暖心的问候，这都是善心正能量的汇聚。

2003 年 7 月，对我家来说是灾难的一年。那一年挖沙的

泥土有一些堆积在我家责任田的地头上了，为了把土移开种庄稼，丈夫就找来了一辆翻斗拖拉机，自己拉土。路上拐弯的时候，一不小心连人带车翻到了河里。右手的整个手面划开，缝了好几针，这只手臂近半年不能伸展。那一年，我们全家人都是在泪水中熬过来的。爱人的手不能动了，孩子幼小，吃饭也是一个大难题。亲戚邻居有时帮着给做一顿饭，我们就能吃上一天。地里的庄稼因无人管理，都荒废了。祸不单行，也是那一年，我家的旧土坯房经不起大雨的冲刷，我们居住的房子在暴雨里成了一片废墟。生活真是雪上加霜，日子更难熬了……好在天无绝人之路，正巧因为雨太大，政府工作人员下乡调查上报危房改建工程，这其中就有我们家。政府救助了两千元的建房资金，不够的又找亲戚借了一部分。左邻右舍在百忙之中帮我家打地基、垒石头，在政府和街坊邻居的大力帮助下，终于建起来了两间平顶砖房，我们这个残破的家也有了安身之地。我衷心谢谢党和政府，谢谢众乡亲们的恩德，你们的情和爱，还有你们对我这个残障人的帮助，我会记在心间，我无以为报，只能向你们说声谢谢了。祝福好人一生平安。

我们结婚二十二年来，我的爱人承担了太多的压力，他包揽了所有的家务、农活，付出着双倍的辛苦。别人能拥有的自由，他却没有。一个人在外不管有多忙多累多辛苦，回到家连口热茶也喝不上，还得给我和孩子做饭。为了孩子，为了我，为了这个家能继续维系，他付出的真的太多了！作为人妻，我看在眼里疼在心上，不中用的我不能帮他做任何事，他娶了我这样的女人做媳妇，心理上承受了太多的屈辱。生活中，他是我的守护者，离开了他的照顾，我寸步难行。别人家的丈夫能外出打工挣钱，改善自家的生活条件，可我这个绊脚石却拖累得他不能外出，我把整个家庭给拖垮了。有时我也劝他：“你太累了，要不你就放弃我吧，今生我们夫妻一场我真的很知足，也感谢你对我二十多年来无微不至的悉心呵护。”可他依然坚守自己当初的承诺，不弃不离。他说：“以前那么难，咱都熬过来了，现在日子总比以前好一些。没有你，我一个人过还有啥意思……”是啊，上天把我们两个苦命的人结合在一起，那么多苦难的日子里我们相互扶持着。说是相互扶持，其实我只能在你遇到难题、烦心事，或者疲惫时给你一点儿答疑解惑，作为你前行的动力，却不能帮你分担起早贪黑劳作的辛苦。风雨中是你忍辱负重扛起了这个家，为我撑起了一片晴空。

我的孩子在这样的家庭中长大，可想而知，他比其他孩子多受了多少委屈。我亏欠孩子的太多太多，今生都无法弥补，我实在太不称职了。日子再苦，孩子也是一天天地长大，都长成了一个一米七五的大小伙子了。孩子小的时候，我们一家三口就住在这二十平方米的房子里，挤在一张床上睡觉。孩子大了就不愿挤在一起住，有时晚上他就去同学家住，可总在同学家住也不是长久之计啊。孩子都这么大了，在农村，家有这么大的孩子就要给他准备定亲的房子了。我家有一处宅基地，是结婚前我爱人队里分的，至今已有三十多年了。那时我爱人也是因为盖不起房子，才没有找到一个能帮他持家分担辛苦的好伴侣。可现在我们这样的家庭，我这个残障不中用的妈妈已经是孩子婚姻路上巨大的绊脚石了，如果再没有房子又会是怎样？我人虽残了，可我的心亮着呢，我不忍心看孩子未来的幸福受阻，让孩子的终身大事输在没有房子上。可这事说起

来容易，等到做时，真的好难。我力不从心，只能在同甘共苦艰难窘迫的日子里给爱人最贴心的鼓励和些许的建议，里里外外的事全靠爱人一个人操持打理，其中的酸和苦一波三折、一言难尽。亲戚近邻，能借的都被我们借遍了，只要是能赊账的地方都给人家打下了欠条，保证以后一定会还清，中间还有担保人。经过了近五个月的努力，荒废了三十多年的宅基地，终于在历经几多波折后建起了四间共九十多平方米的平顶砖木房子，成了一个院落。累计起来，这处房子花了五万八千四百元，这五万八千四百元对于我家是一笔巨大的开支，我们真的不敢与人家那些漂亮的豪房相比。这四间普通的砖房也是用尽了我们所有的能力、心血，孩子也算是有了一个可以安身的地方，再也不用夜里到同学家去借宿了，我整天悬着的心也可以先安放一下了。后来的四十多个月，我们粗茶淡饭、节衣缩食，把向别人保证过的欠款都如数偿还。丈夫既不能外出打工，又没有其他的收入来源，仅靠着四亩农田的微薄收入，真的可以说是从牙缝中省了又省，从没有舍得买过一点儿零食、一件衣裳。当所有欠款全部偿还的那天，我终于长舒了一口气。

人的希望就在这一呼一吸一口气息间，我不想让自己的心腐朽堕落，死在愚昧无知中。我靠着那一点点没有颓废的灵魂和没被泯灭的生命火花，在众多好心人的关照鼓励下才举步维艰地延续到现在。今生我得到了太多人的帮扶救助，我却无力回报你们的深情，现在，我怀揣着感恩的心祝福你们一切安好。

2013年9月5日，我把我唯一的儿子，托付给了党和国家，让他去守边服役，这也算是我们这个家庭感恩社会的一点点行动吧。我没有更多的力量可以付出，就把儿子风华正茂的宝贵青春奉献在祖国的边关哨卡，也算是没辜负党和政府对我们这个特殊家庭二十多年来从不间断、从不舍弃的怜爱救助。党和政府这份无价的恩泽我们会永远铭记在心间。

我也有藏在心里的愿望和力所不能及的梦想，我希望孩子能入党，做一个党旗下的好儿子；我也希望孩子复原回来时，能有一门技能在手，找一份能养家自立的工作，再找一个好的归宿来弥补以前他缺失的家的温暖。当这些愿望都实现时，才能了了我这么多年苦苦的企盼和守望。

我唠唠叨叨讲述了这么多，这些都是我生活过往的一些印迹，字字句句都饱含真情，其中还有抹不掉的伤痛。我把这些沉痛的生活经历记录成文字，当作对未来路途上的勉励。想想以前过的那些苦日子，再看看现在的生活，虽谈不上富裕，但也是今非昔比了。明天生活还会继续，因为自身的残障，命中注定是一路的坎坷泥泞，今生我再也无法逃离这被困的人生轨迹。我想：等我生命逝去时，如果我的器官还有可再利用的价值，我想捐给医学界，这也算是我对社会的一点儿心意。

这一生，我努力过，我渴望美好的生活，这是我生命渴求的一些印证，无论有没有意义和价值，我都尽自己所能，用心地面对过。

在我的身后，有太多的人在牵挂关爱着我，我用一生感恩，因为我一路上有你们……

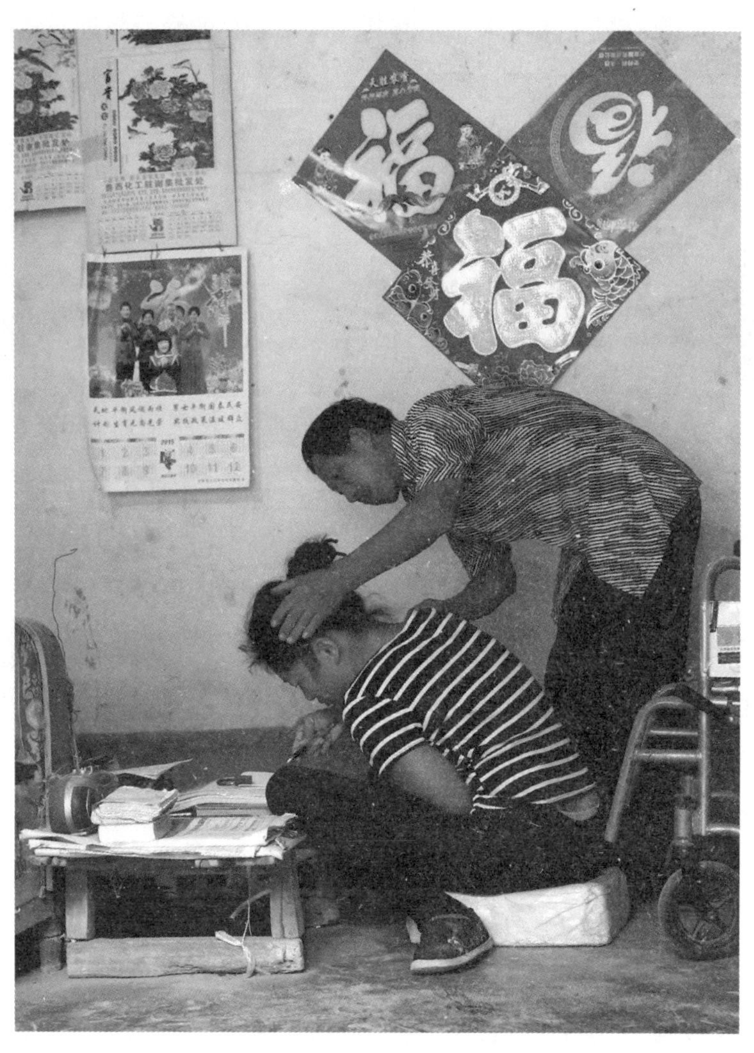

冯红春说，只有写作才能让她感觉自己还活着。图为冯红春在丈夫的帮助下写作。

一盏灯

人是看到了希望才坚持，也是因为坚持了才看到希望。

一盏心灯，把人这一生的路途来照亮，只要星星之火不熄灭，希望的光就一定会绽放。

人生之路说长也长，说短也短。在每一个人的心中，都会亮着一盏用信念点燃的生命之灯。信仰是激励人奋进的力量，让人的一生在筑梦的路上绽放绚烂的光彩，这样，生活才会充满希望。

人在世上，没有谁不经历挫折磨难，经受风吹雨打的洗礼。我也曾迷茫失意过，也曾痛苦挣扎过，也曾彷徨犹豫过。每当思绪烦乱时，心中的灯都会是昏黄灰暗的，如同生命能量燃尽般黯然。

可是只要人内心的这盏灯，能经受住一场场疾风骤雨的历练而不熄灭，你就又赢过了昨天的自己。

人要给自己低落的情绪注入新鲜有营养的心灵鸡汤，来慰藉萎靡的精神。思想上的顿悟，点亮的是生命对生活的激情。

凄苦的岁月里，只有努力地坚持才能看到希望。这是一个缓慢的积累过程，就像是春种秋收一样艰辛，熬过了苦难，就会如凤凰涅槃般让人脱胎换骨。

给自己一个理想，让这理想成为引领身心成长的一盏明亮的灯……

在酷刑中修炼心境

我这一生，只上过三年小学，从十一岁我的命运逆转后，就再也没有进过学校的大门，至今快三十三年了。

当年好好的一个小姑娘，就在一瞬间成了一个不中用的废人，瘫痪后的九年时间，父母没有钱给我买轮椅，我整日里被父母辛苦地抱进抱出。那几年，父母一直没有放弃让我站立起来的希望。他们带着我四处求医问药，花了不少钱，欠了不少外债，我的病情也没见好转，我把一个家给拖垮了。

由于自身行动不便，再加上被疾病摧残扭曲的面容形象，我也就自我封闭很少出门。有时出门，我的样子会吸引别人异样的目光，有的人看到我，会露出很害怕的样子，也有人看我，就像看一个稀有的怪物。那如利剑般的眼神盯在我身上，让内心敏感的我受到了严重的伤害。我有着重残的外表，却有一个清醒的大脑，听着讥笑的话语，我想装傻都不行，脆弱的心灵一次次饱受着难以抵挡的中伤。谁都会有情绪低落、心灰意懒

之时，又或许别人一句无心的话，对自己可能是致命的伤害。处在这种心痛之中，要怎样来自救，关键就看一个人的心态和对生活的承受力。悲伤是一天，快乐也是一天，倒不如在这短暂的几十年中挑战自我，让自己活给自己看。

1986年，父亲看我一个人在家里寂寞，给我买了一台三用收音机。1989年，父亲又给我买了一台十二英寸的黑白电视机，让我了解外面美好的大千世界。这三十多年来，广播电视就是给我精神力量的大课堂，是抚慰我受伤心灵的港湾。我从广播电视的宝库中吸取了丰富多彩的知识见闻，愚昧的我在这广阔的知识海洋中畅游，空虚的心在一点一滴中攒下一笔笔宝贵的精神财富。我的头脑中注入了知识，也就有了力量，弱不禁风的内心也变得坚强充实了许多。一个人，只有内心强大了，思想才能阳光向上。曾记得倪萍老师说过这样一句话，她说："一个人若是想倒，你扶都扶不起来。一个人要想站起来，你推都推不倒。"自信会让人以从容的心态来面对生活，跌倒了再坚强地爬起来。可说说容易，没有跌倒过的人不会体会到跌倒后的痛苦，没有走过沙漠的人怎么会品味出水的甘甜。

由于我的手和脖子都发挺僵直，面容也扭曲狰狞，自己不能控制表情，我的全身没有一处是可以自由伸展的。我写字的速度很慢，我所获取的一点儿知识全凭大脑一点点地记忆。我的每一篇文章都是用心在抒写、表达，我倾吐的也是内心真挚的情感。厄运让我身残一生，我不想让自己灰暗的灵魂堕落，在自我勉励中，我把窘境中收获的苦难、爱心以及知识的引领都汇集成了一笔笔支撑生命动力的无价人生财富。

蕴藏在世间的真情和对生命不舍不弃的尊重，让我深深感动。您的援手谱出了一个个音符，律动着残弱生命的最强音。

有梦就不觉得人生寒，因为有你，残弱的生命才能精彩绽放……

后　记

这一篇篇的小文章，是我四十余载艰辛苦难的写照，是我饱尝的人世间的冷暖，也是我生命中最本真的一面。我将我自己毫无保留地展示给大家，以此来激励在人生迷茫路途中游走的灵魂，希望生命可以感染生命。作为一个残疾人，我写字很难、很吃力，也许我的文字算不上优美，字数也不多，可我所写的每个字、每句话都是我灵魂深处的呐喊。我有许多无法释怀的情感，只能在这方寸间倾诉。

我喜欢看街上的人来人往，看农田里劳作的人们，看运动场上奔跑的孩子。我想，一个人，最大的幸福就是可以拥有自由的身心吧。在生命的这趟旅途中，有许许多多像我一样的人，渴望健康的身体却不可得。如果您和我一样，是一位残障人士，那我们的梦想应该也是一样的：用残缺的生命活出不一样的精彩。为了心中的梦想不在风雨中飘摇，请在坚持中努力把信念点燃。生命中所经受过的每一次痛苦的蜕变都将会成为一次美丽的成长。

亲爱的读者朋友，这本书中若有哪句话能触碰到您的心灵，感染了您的思想，又或是在您落寞失意时给您的精神上带来一点儿慰藉和力量，就是我这残弱生命存在价值的最有力的支持。三十三年来，我被顽疾束缚折磨，囚困在方寸之间，仅靠着清醒的大脑和一点点没有颓废的思想，在人生的低谷中努力探索生活中的美好。我脆弱的生命能延续到现在，承载了人世间独特又深厚的爱，亲情、友情、爱情，以及各行各业爱心人士的援手帮扶，你们给了我生命中一次又一次的感动，给了我动力和能量。我把这些真善美镌刻在心里最阳光的地方，可我又该如何来答谢回馈你们给予我的引领和帮助？我想在自己有生的日子里把用极限生命书写的小短文结集成书，呈现给更多的人，以表谢意。

冬天已经来临，春天还会远吗？

我贪恋着春天的美好风光，春意盎然的气息唤醒了天地间万物众生和那一粒粒小小的种子。种子虽小，却担当使命，蕴含着蓬勃的力量，从春天的萌芽到秋天的硕果，在自然界中生长，就要经历风雨的洗礼和打击，才能在渴盼和坚韧中孕育出希望和未来。人生，不也正是如此吗？《看！绽放在红色春天的残弱生命》，相信自己，每一个明天都将成为一个新的起点。

冯红春

2017 年 9 月

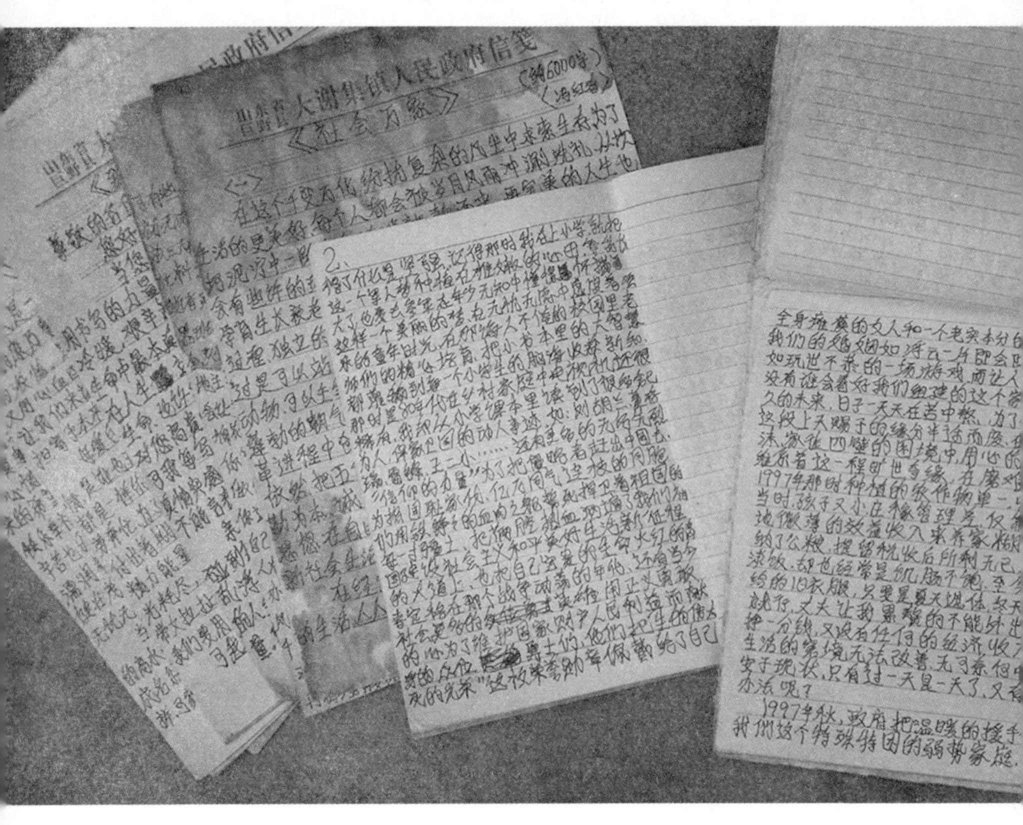

冯红春的手稿。

冯春红写作的书桌。

一本被冯红春翻烂的字典。

《小溪办事》栏目组报道了冯红春的事迹。